二見文庫

叔母の要求

館　淳一

目次

叔母の要求

第一章　叔母の交換条件

「ちょっと緋見子《ひみこ》叔母さんのところへ行ってくるからな」

日曜日の午後、玲央《れお》は弟の理央《りお》に声をかけて家を出た。

その前の日、玲央の父親の留守を見計らうようにして彼女が電話してきたのだ。

「もしもし、玲央くん？　私よ、緋見子おばさん。実はね、おりいって頼みごとがあるの。明日の都合はどう？　よかったら遊びがてらおばさんのところに来ない？　ご馳走するからさ。大丈夫？　よかったよかった。じゃあ明日ね」

緋見子は玲央の父、香野拝魔《かおるのはいま》の妹である。三十六歳でいまだ独身だ。

玲央が住んでいる首都圏のベッドタウン、恋路《こいじ》ヶ浜市で舞踊教室を主宰している。玲央の家からは歩いて二十分ぐらい。自転車なら五分ぐらいだ。

舞踊といえば日舞、洋舞、インド舞踊、フラメンコ、タンゴ、フラダンス――

といろいろあるが、当初バレエダンサーを目指した緋見子の舞踊は、独自に編み出した前衛的なもので、名付けて〝宇宙舞踊〟という。

「宇宙のリズムに合わせて踊ることによって肉体と精神を虚無に還元する」という趣旨なのだが、その踊りは玲央の目には、海中を浮遊するクラゲのように見える。

不思議なことに、緋見子のスタジオには全国津々浦々から老若男女が参集して、けっこう賑わっている。時々各地で公演をやったりしているところを見ると、充分に生活が成り立っているようだ。ふわふわと踊っているうちに無我の境地に没入してしまうところが、健康にもよいと思われているようだ。

最近はときどきテレビの、健康をテーマにした番組にも登場して、けっこう全国的にも香野緋見子の名は知れてきた。

彼女は甥の玲央、理央の兄弟を子供の頃からなにくれとなく可愛がってくれ、玲央にとっても、頼りになる存在だった。

それというのも、玲央たちには母親がいないからだ。

玲央がまだ幼い頃、夫と二人の息子を残し、急な病でこの世を去ってしまった。

それ以来、父親の拝魔は再婚しようとせず、男手ひとつで——実際には家政婦の手を借りてではあるが——玲央たちを育ててきた。

(叔母さん、いったい何を頼むというんだろう?)

考えながらペダルをこいでいるうち、緋見子の家に着いた。

叔母の家は、一階が舞踊教室のスタジオや付属の設備で、二階が住居になった、ちょっと大きめの一軒家である。

「いらっしゃーい」

出迎えた叔母が、妙に女っぽい雰囲気を漂わせているので、玲央は少し驚いた。

緋見子は体にぴったりしたレオタードに巻きスカートとか、Tシャツにジーンズといった格好が多く、今日のようにひらひらのついたブラウスにふわふわのスカートという姿はめったに見たことがないのだ。しかも口紅まで塗っているではないか。

(へえー、こうやってみると色っぽくないこともないかな)

十七歳の少年は、二十歳も年上の叔母を少し眩《まぶ》しい目で見た。そういう目で見たのはこれが初めてではないだろうか。これまで一度として彼女に「女」を感じたことはないというのに。

緋見子は、通常のムチムチした女らしさの持ち主ではない。その大柄な骨太の肉体は毎日のレッスンで鍛えあげられ、ムダな肉は削ぎ落とされている。

髪も男性のように短くしているし、公演の時でもなければ化粧もしないから、玲央はこれまで、たとえ彼女がレオタード姿でいてもセクシーだと感じたことはなかった。

容貌も、美人の部類なのだが、額が広く、角張った頬に尖った顎、薄くて大きい唇の持ち主だ。特に印象的なのはキリッとして挑むような印象の強い目だ。『エイリアン』などで主演した映画女優とよく似た印象——といえばなんとなく分かるだろうか。ねっとりした女っぽさは微塵も感じられない。

気性もえらくサッパリして、世間の常識に捉われない。そんな叔母が玲央は好きだったのだが……。

「用って何ですか?」

居間のソファに座らせられると、玲央は先回りして質問した。緋見子は珍しくソワソワした様子でそれに答えず、妙な香りのするハーブティーをすすめながら、

「ねえ、玲央。キミ、いま、なにが一番欲しい?」

逆に、そんな質問をぶつけてきた。

「えッ、欲しいもの? そうだなぁ、パソコンですね、やっぱり」

玲央がそう答えると、叔母は眉を吊りあげてみせた。

「パソコン？　キミは文科系だから、そんなの興味ないかなと思ってたけど……。どうして？」

「インターネットをやってみたくて」

「インターネットねえ……。みんなやりたがるけど、そんなに面白いの？　きみたち男の子はエッチなものを見るためにそういうのやってるって聞くけど」

当たっている部分もあったから、玲央は赤くなったが、手を振って叔母の疑惑を否定した。

「インターネットとかやれば、もっと友達が出来て、世界が広がるかな、と思って……。分かるでしょ？　今の環境だと息がつまりそうなんですよ」

「ああ、そうよね」

叔母はもの分かりよく頷いてみせた。

父の拝魔の意向で、玲央は小学校の時から、マドンナ騎士団学園という小中高一貫教育の学校に入れられた。

マドンナというからなんとなく女っぽく色っぽく思えるかもしれないが、これは聖母マリアのこと。実はミッション系の男子ばかりの学校である。

驚くなかれ、この学園の生徒は小中高と十二年、女子とは隔離された学園生活を送らされるのだ。

隔離というのも誇張ではない。学園のキャンパスは恋路ヶ浜市のはずれ、丘陵地帯の中にあって周囲には人家も少ない。かつての結核療養所の跡地だそうで、空気はきれいかもしれないが都市から切り離された、まったく浮き世ばなれした学園なのだ。

校則もかなり厳しく、アイドル雑誌を持ってるだけで停学。異性との交際などもってのほか。姉や妹とでも連れ立って出歩いてはいけないのだ。教師たちの監視の目も厳しい。ちなみに女教師はすべて六十歳以上の尼僧だから、女教師と生徒の恋愛なんて間違っても起きようがない。

おかげでほとんどの生徒が童貞のまま高校を卒業すると言われている。生徒たちは自嘲して〝童貞刑務所〟などと呼んでいるくらいだ。そういう厳しい校則のおかげで一流といわれる大学への進学率は極めて高く、マドンナ騎士団学園は首都圏でも有数の進学名門校なのである。

ともあれ、学校と家を往復するだけの灰色の環境だから、せめてパソコンで外界との繋がりを見出そうとする玲央の気持も無理はない。

「パソコンが欲しいって、キミのお父さんに言ってみた？」

叔母に問われて、玲央は苦笑した。

「おやじが買ってくれるわけないでしょう。ワープロだって目のカタキにしているんだから」

「そうかあ、そうだろうねぇ……」

緋見子は大きく頷いてみせた。

父親の香野拝魔は書家である。

筆で文字を書き、作品とする芸術家だ。すなわち拝魔というのは号なのである。

「字は心をこめて全身を使って書くべきもの。キーを打つだけでちゃんと読める文字が書けてしまうワープロなど、絶対に認められない」という、実に保守的な思想の持ち主なのだ。

「まぁ、そりゃそうだわねぇ。でも、きみがパソコンで世界を広げたいという気持ちはよく分かるわ。じゃあ、叔母さんが買ってあげようか」

いとも簡単に言ってのけたので、玲央は驚いた。彼女はパソコンをファミコンに毛のはえたようなものだと思っているのだろうか。

「そんなに簡単に言わないでください。高いですよ」

「あらそう。いくらぐらい？」

「そうだな……、安いやつでも一式二、三十万円はすると思う」

「いいわよ、それぐらいなら。それの使用許可も、私からキミのお父さんに言っておいてあげる」

玲央は耳を疑った。

「えッ、本当ですか、叔母さん」

「叔母さん嘘言わない。そのかわり頼みごとをきいて欲しいの」

そういえばそれで呼ばれたのだ。これは交換条件というか、玲央に頼みをきかせるための餌のようなものに違いない。

（二、三十万円もする頼みごとというのは、いったい何だろう？）

ちょっと緊張して居ずまいをただして答えた。

「いいですよ、ぼくで出来ることなら……」

「簡単に出来ると思う」

緋見子の顔に突然、妖しい微笑が浮かんだので、玲央はびっくりした。そんな微笑はこれまで見たことがない。背筋をくすぐられるようなゾクゾクする笑み。

しかし、叔母の次の言葉で高校生はもっと驚かされた。

「キミの精液を飲ませてほしいの」

「ぷはー！」

飲みかけのハーブティーが喉に飛び込んで、玲央は思いきり噎《む》せてしまった。聞き間違いかと思った。

「せ、せ、精液……!?」

緋見子はしごく真顔で頷く。

「そうよ、キミのペニスから出る精液。十七歳なら毎日出してるんじゃない？　それを飲ませてちょうだい」

玲央は呆然としてしまった。

「そ、そ、そんな……、でも、ど、どうして？」

「まあ、まあ、落ち着いて。理由を説明するから」

緋見子も居ずまいをただすようにして、高校生の甥に向かって説明しだした。

「更年期障害って知ってる？　女性がある年齢に達すると卵巣ホルモンが減ってきて、いろいろな症状に悩まされるの。叔母さんもそういう年齢なのよ……」

「はあー」

見るからに力に満ちあふれ、しなやかな野生動物を思わせる肉体の持ち主だから、特に童貞の少年には更年期障害などという言葉がピンとこないけれど、三十代も半ばをすぎるとやはり叔母も悩まされるのが女性の宿命というものなのだろうか。

「でも、叔母さん、まだ四十前なのに、そういうことってあるんですか？」

そう訊かずにはいられなかった。まだなにかからかわれてるんじゃないかという気がする。ふだんの緋見子はおっとりして見えるが、これでけっこうおちゃめな性格なのだ。だが叔母の表情は真剣で、からかっているような雰囲気ではない。

「個人差があって、人によっては早くくるんだって。私もお医者さんに診察してもらうまで、自分の卵巣ホルモン——いわゆる女性ホルモンがそんなに減少しているなんて気がつかなかったもの。そういう体質なんだとお医者さんは言ってたけど」

体調の好不調の波が大きく、不調な時は宇宙舞踊のレッスンをつけるのもおっくうでならないという。肌も荒れるし、食欲も落ちる。不眠症にも悩まされている。常に人の前で体を動かしていなければならない舞踊家としては、非常に困る。

「そうしたら、その特効薬というか療法を、スタジオに来てる生徒さんたちの一人が教えてくれたの」

生徒といっても中高年の女性はけっこう多い。彼女たちは踊ることを健康法の一つと考えている。そういう人たちは他の健康法もいろいろ試しているのだ。

「その人が言うにはね、できるだけ若い男性の精液を、それも、直接ペニスから飲むことだっていうの」

「そんな……、バカげてますよー」

「私だってそう思ったわよ。でも、その人は五十過ぎなんだけど、肌の色つやはいいし健康そうなものだから、言うとおりに試してみる人が二人、三人といて、その結果、みんな症状が軽くなって、しかも前より若々しくなったの！」

「……」

信用できないという顔をしている甥に向かって、叔母は説得を続けた。

「私も調べてみたらヨガのある流派の秘法にも同じのがあるのよ。それにはできるだけ血縁関係の近い童貞の少年のが一番効く、とあるの。しかも空気に触れないよう、ペニスから直接飲みくだすべし、って。年齢は十六歳前後……。そう言われて見回してみたら叔母さんの周囲にいる候補者はキミぐらい。理央くんはまだ精液出ないでしょう？」

理央というのは、玲央の弟でいま小学校五年生だ。やはりマドンナ騎士団学園の初等部に学んでいる。

「まだ、でしょうね……」

「そして、もちろんキミは童貞でしょ？」

「は、はい……」

なんか腰がひけた感じで玲央は答えた。今や緋見子は舌なめずりしそうな感じだ。

「というわけで、玲央くんしかいない。私はキミの精液を飲みたいの。どうせオナニーとか夢精でムダに流してるんでしょう？　そんな妙薬をもったいない……。パソコンを買ってあげるから飲ませて、これこのとおり」

手を合わせて頼まれると、拒みとおすのは気の毒な気になる。それでも弱々しい声で最後の抵抗を試みた。

「でも……、叔母さんはぼくのおやじの妹でしょ。それって近親相姦……」

緋見子は首を横に振って否定してみせた。

「あはッ、精液を飲むくらいが近親相姦なもんですか。性器と性器が結合するわけじゃないのよ」

「それはそうですけど、つまり、フェラチオなわけでしょう？」

「あはは」

怖じ気づいている甥を見て、緋見子はケラケラと笑った。

「ひょっとしてキミは私に、はずみで童貞を奪われないかと心配してるのね？それで近親相姦になってしまうんじゃないかと」

「は、はい……」

「心配ない心配ない。私はレズビアンなんだから。知らなかった？」

また頭を殴られたようなショック。なんと女性同性愛者だったとは。

「えッ……！　うーん、そうだったの……」

決して醜くはない、いや、個性的な魅力がたっぷりある緋見子が三十代の半ばを過ぎても独身でいるのを、玲央とて不思議に思ったことがないわけではないのだ。そして周囲に男性の姿が希薄なことも。その謎が一挙に解けた。

「というわけで、私にとっては男性の体に触るのさえ、気がすすまないのよ。まして セックスなんて……。安心しなさい。触るのはきみのペニスだけ」

結局、玲央は叔母の頼みを受け入れてしまった。

——十分後、シャワーを浴びた玲央はバスタオルを腰に巻いた姿で戻ってきた。

居間のカーテンはひかれ、薄暗くされていた。ソファに腰かけさせられると、なんだか妙な気分だ。

（パソコン欲しさに叔母さんにフェラチオされるなんて……。これって小遣い欲しさにパンツを売る女子高生と同じような……？）

そんな甥の気持ちを察したのか、緋見子が笑みを含んだ声をかけた。

「そんなに怯えた顔しないで。きみは特効薬を与えるお医者さんなんだから……」

甥の前にすっくと立った緋見子は、身に付けていたブラウスとスカートをパッと脱ぎ捨てた。

女豹のようにしなやかな、強靱な筋肉をなだらかな曲線に秘めた肉体は、黒い総レースの下着に包まれていた。ブラジャーとショーツが一体になった、水着かレオタードと見紛うような華麗なランジェリー。オールインワンというやつだ。

黒いレースの網目からはやや褐色がかった肌が透けて見え、よく引き締まった下腹の底には黒い茂みの形がハッキリ分かる。

（わ……！）

玲央は息を呑んだ。そんなセクシーな叔母の姿を見たのは初めてだった。

とても三十六歳とは思えない。二十代の後半でも通用しそうだ。乳房だってこうやってみると形よく椀型に盛り上がって魅力的なふくらみだ。

「ふふ、緊張しすぎて勃《た》たないこともあろうかと思って、ちょっと色っぽい下着を着てみたの。効果はあったかな、どれどれ……」

甥に自分の肉体を見せつけるようにしてから、やおらカーペットに片膝をついて身を屈めると、少年の腰のバスタオルをとり去った。

「うふ、あったわね」

叔母は喉の奥で嬉しそうに笑った。

全裸にした童貞少年の足を拡げさせ、その膝の間にうずくまった形の熟女の手は、そそり立つ肉の棒の根元にのびて指をからませてきた。

十二歳で夢精を経験し、十三歳からは毎日のようにオナニーで射精してきた彼の男性器官は、いま包皮を完全に翻展させていた。

宇宙ロケットのようにやや尖った亀頭の先端からは透明な液が滲み出て先端部を濡らし、赤く充血した粘膜をキラキラと輝かせている。

「体格のわりにはけっこう逞しいじゃないの。意外だわ。玲央は顔も体も男臭くないのにね……。ふーん、私もペニスに触るなんてずいぶん久しぶり。ちょっとどう扱ったらいいのか忘れてしまったけど、……じゃ、いただくわね」

緋見子は十七歳の少年の股間に顔を伏せてきた。

「うッ」

叔母の柔らかい唇にズキズキいう欲望の器官を包みこまれた時、玲央は腰を浮かせて呻いた。唾液で濡れた舌が亀頭冠を舐め回した。

生まれて初めて味わう快美な感覚が若い肉体を駆け抜けた。

「あああ」

もうバカみたいに、意味不明の声をあげて悶えるだけ。

ぴちゃぴちゃという音がひとしきりたった。

「叔母さん……、ぼく、もう……、あああッ！」

玲央の堰《せき》が切れた。

「い、いく！」

がくんがくん、と腰を突き上げるようにして、叔母の短髪の頭を両手で押さえつけながら背を反らせ、顔を反らせた。

ドクドクッと若い牡のエキスが、勢いよく叔母の口の中に噴射された。

その瞬間、緋見子は甥の体から噴き上げられたものを勢いよく吸い込んだ。

（あ!?）

玲央の頭の中が真っ白になった。すさまじい快感が彼の体の中で、腰骨のあたりで爆発したのだ。

「うわあああ、あーッ！」

絶叫しながらのけぞり、両足を爪先まで突っ張らせていた。

まるで彼の体が内側から溶けて、沸騰したものが一気に緋見子の口の中へと吸い取られてゆくような、言葉に言い尽くせない快美きわまりない射精感覚。

「うーん……」

しばらくの間、失神状態に近いふわふわ空中に浮いているような感じで完全にのびてしまった少年。彼の股間に顔を埋めてそのペニスを強く吸っていた叔母は、若い牡の体から噴出したエキスを、最後は指まで用いて絞るようにしながら飲みほしてしまった——。

「おいしいもんじゃないとは聞いてたけど、確かにおいしくはないわねえ。でも、良薬は口に苦し。こんな味がするものなら、体に悪いわけがないって気がする」

ペニスの先をちゅうちゅうと吸うようにして、もう一滴も残っていないのを確かめてからようやく唇を離し、顔をあげた緋見子はニッコリ笑った。

（うわ……！）

ようやく我にかえった甥は驚いた。頬を紅潮させて嬉しそうな笑顔が少女のように愛らしく思えたからだ。そんな笑顔を見たのも初めてだった。

「まだ、出るでしょう?」

右手で若い肉茎を握り、大事なものを撫でさするようにする叔母。

「え、まだ飲むんですか?」

はあはあと息を弾ませている状態の少年は目を丸くして訊きかえした。

「当たり前よ。精液は出せば薄くなってゆくけど、飲めば飲むほど効果はあるそうだから……」

「で、でも、すぐには無理です」

「そりゃそうだけど、私、五時から教室に出なきゃいけないのよ。あと二十分でなんとかなる?」

「え、どうかな……」

自信なさそうな顔の玲央。性欲の強いさかりとはいえ、二十分間隔で射精したことは今までない。

「それじゃ、すぐ立つ術というのを考えなきゃね。そうだ、男の子って、よく〝おかず〟って言うでしょ? そのことを見たり考えたりしてオナニーする材料。

キミはなにをおかずにしてる？」

「えー、そ、そうですね……。あの、おっぱいですね、やっぱり」

ちょうどその時レオタードのようなレースのランジェリーに包まれた叔母の胸の部分が目の前にあったので、ほとんど反射的に玲央は答えてしまった。

熟女とはいえ、緋見子は豊満な肉体の持ち主ではない。これまで玲央は叔母の肉体――乳房やらヒップに〝女〟というものをあまり感じたことはなく、母のいない身には一番近しい女性であるのに、性的な欲望を覚えておかずにしたこともない。

なのに今、こうやって互いの体温が感じるくらい接近して肌から立ちのぼる匂いを嗅いでいると、やはり強烈に女というものを感じてしまう。特に視線が、自分の前にひざまずく姿勢でいる緋見子を見下ろす感じなので、オールインワンの下着の胸の谷間がハッキリと底の方まで見えるせいだ。

（うーん、いい眺め……！）

それまでペチャパイだとばかり思っていたのだが、案外立派なふくらみなのに驚いていたところだ。

「そうか、おっぱいか。おばさんのは大きくないけどね、こんなのでよかったら、触らせてあげる。でもこの上から」

緋見子は膝をついていたのを立ち上がるようにして前に体を倒してくる。

「う……」

叔母がそんなに素早く反応してくれると思ってもいなかったので、いきなりレースの網目に包まれた乳房が目の前に突き出されると、不意を突かれた玲央は、驚きのあまり声を失ってしまった。

ごくん。

思わず生唾を呑みこんでしまう。

確かに大きいほうではない。ちょうど椀を伏せたような半球状で、レースから透けて見えるバラ色の乳首はツンと上を向いているし、少しも垂れていない。これがもう少し大きかったら、緋見子の年齢なら垂れてしまうだろう。

「どう？　このおっぱい？」

叔母は悪戯っぽく笑いながら甥に質問した。

「す、ステキです……」

「触ってみたかったら触ってもいいのよ」

向こうから勧めてきた。

「い、いいんですか？」

「もちろん……」

緋見子は震えている甥の手をとり、自分の胸のふくらみに押し当てた。

（柔らかい。それにぷりぷりしてる……）

レースごしにであるがその弾力に富んだ感触に、玲央は驚嘆し、瞬時に魅せられた。最初はおそるおそる撫でるようだったのが、しだいに大胆に揉むように握るように力を入れていった。

すると驚いたことに、セピア色がかったバラ色の乳暈の中心に飛び出ている赤みの強い乳首がコチコチに固くなり、ぐんと前にセリ出してくるではないか。

「あ……」

緋見子の唇から熱い、悩ましい吐息が洩れた。ふいに彼女の手が甥の後頭部にかかり、顔を自分の胸へと引き寄せた。

「こうしてあげる」

言われた時はすでに、玲央の顔は胸の谷間に埋めこまれていた。

緋見子がひくく呻き、さらにしっかりと甥の顔を自分の胸に押しつける。柔らかいふくらみに鼻が埋まりこんでしまう。シャワーを浴びたあとらしく、仄かな香料の匂いが鼻腔にひろがる。

しなやかな肉体を持つ叔母は、もう一方のふくらみにも甥の手を誘導し、摑ませ、揉ませる。同時に右手を下げていった緋見子は、玲央の下腹部にまた触れてきた。

「うふ」

嬉しそうに笑う。玲央の一度萎えた若い肉器官は再び力を取り戻していたからだ。

「元気、元気。その調子……」

今度は左の乳首へと飢えた乳飲み子のように唇を導き、レースごしに熱烈に吸わせながら右手の指を絡ませ、たくみにしごきたててきた。みるみるうちに鋼鉄のような強度に達してしまう熱い欲望の器官。

尿道の先端からはまた透明な液が滲み出てきた。そのぬめりを用いて掌で亀頭をくるむようにして摩擦を与えると、ピーンという快美感が玲央の腰骨を駆け抜け、

「うう」

今度は彼が、乳首から口を離して呻《うめ》く番だった――。

第二章　元気ドリンク

数日後、約束どおり、パソコン一式が玲央のところに届けられた。

(エーッ、どうなってんの？)

蓋をあけてみた玲央はしばらく呆然としていた。

緋見子に「このメーカーのこの型番」と指定しておいたのより、もっと高い、いやそのメーカーの製品のなかでは最高価格の機種だったからだ。

運転免許とりたてのビギナーがいきなりマセラッティをもらったようなものだ。

(間違えたんじゃないのか)

玲央はともかく緋見子に電話してみた。

「叔母さん、えらく高級なパソコンが届きましたけど……」

「気にしなくていいのよ」

宇宙舞踊なるダンスを教えている叔母はケロリとしている。

「私の教室にいる、やはり熱心にインターネットとかやってる子がいて、パソコンのことに詳しいので訊いてみたの。そうしたらどんどん性能がいいマシンが発表されていくから、この機種だとちょっと古いって忠告してくれたの。だったら今の時点で最高のものを買ったほうがいいと思って、その子が奨めた機種にしたのよ。ううん、お金のことは気にしなくていいの。おばさんはけっこうお金持ちなんだから。私も宇宙舞踊をもっと広めるためには、インターネットのようなものを利用しなきゃダメかな、って思ってたところだから、それをきみに手伝ってもらうという名目ね。まあ、その計画自体は嘘じゃないのよ。きみがパソコンに慣れたら、叔母さんのためにひと役買ってちょうだい。もちろん、払ったものに見合っただけの元気ドリンクはたっぷりいただくから……」

電話線の向こうで「うふふ」と含み笑いが伝わってくると、高校二年生の玲央は、首筋を撫でられたようなゾクゾク感に襲われた。同時にムクムクとペニスが勃起してしまう。

「元気ドリンク」というのは、もちろん玲央の精液のことである。

この前の土曜日、叔母の口と舌でたかぶりきった男の欲望器官を刺激されたときのことを思い出すと、どうしても反射的に勃起してしまう。

「それはかまいませんけど、でも、あんなもの、ヘンな味、しません？」

「そりゃそうよー。でも、青汁とか飲むこと考えれば同じ。今度来る時は、前の晩にオナニーしたらダメよ。濃いやつでないとね」

「それは……ま、いいか。でも本当に効くのかなぁ」

「まだ二口しか飲んでないからハッキリしたことは言えないけど、でも元気が出て肌にハリが出てきたような気がする。安眠できるようになったし」

「だったら、いいですけどね……」

電話を切ってから、玲央は溜め息をついた。脳裏に黒いレースの下着を纏《まと》った叔母の肢体が再生された。唇にも勃起した乳首の感触が蘇る。

（あんなに色っぽいとは思わなかった）

玲央は早くに母親を亡くしたから、女性に母親的なものを望んでいた。つまりふっくらした肉体に豊かな乳房、はちきれそうなヒップのふくらみを持った年上の女性。

緋見子は年上だということを除いては全然そのイメージに合致しない女性で、ましで本人の口から「私は男に興味のないレズビアン」と聞かされている。なのに、今は考えただけで勃起してしまう。どういうことだろうか？

若牡のエキスを噴きあげた瞬間、叔母は強く吸ってくれた。

あの瞬間の、文字どおり目のくらむような快感は忘れられるものではない。

つい、オナニーをしたくなってしまったが、

（こうしてはいられない）

ふと我に返った玲央は、パソコンの梱包をほどきにかかった。

本体、モニター、キーボード、プリンタ……。驚いたことに、インターネットを予想してか、モデムや専用のルーターというものまで付属している。

（すぐにでもやってみたいけど……）

机の上を占領したそれらを眺めて、玲央は唇を噛んだ。パソコンは学校にもあるし、友人もやってるから、まったく知らないわけでもないが、こんな重々しい、高価なハイテク機器を使いこなせるとは思えない。

（壊したら大変だ。やっぱり誰かに手伝ってもらおう）

少し考えてから、同級生の塚原直人《つかはらなおと》に電話することにした。彼とは初等部の時から一緒で、一番の親友だ。

厚いレンズのメガネをかけた秀才タイプの彼はパソコンマニアで自分の部屋に

違う機種の二台のマシンを持っている。当然、インターネットもバリバリやっていて、彼の家に行くと金髪美女のヘアヌードが山のようにある——といってもパソコンのハードディスクの中にだが。

電話に出た直人は、親友が最高機種を手にいれたと聞いて羨ましい口調で言った。

「おれのより高性能マシンじゃないか。豚に真珠とはこのことだ」

「そんな言い方はないだろう？　ともかく、使えるようにしたいんだ。来て、教えてくれよ」

「モニターとかは純正なんだろ？　つまりリンゴのマークのついてるやつ」

「ええと……、ルーター以外はそうだ」

「だったら問題ないよ。『スタートアップガイド』というのを見れば、どうやって繋いでどうやって動かすのか、みんな書いてある。一人で出来る」

「そんな……。パソコン買ったやつはみんな、最初、四苦八苦してるじゃないか」

「ほかのマシンはそうだけど、リンゴマークだけは違うんだ。まあ、やってみな。どうしてもダメなら電話してくれ」

電話を切られてしまった。

(ちえッ、友達がいのないやつだ)

仕方なく自分一人で、説明書を頼りに機械を接続し、電源コードもコンセントにつないだ。

(これで、キーボードの上のパワーオン・キーを押せばいいと書いてあるけど……。本当に大丈夫かな?)

おそるおそるキーを押すと、パソコンの本体から「ポーン」という音がしたかと思うと、クリクリクリという音がし始めた。ハードディスクが回転してプログラムを読み込んでいる音だ。ついで十七インチモニターの画面がパーッと明るくなった。

驚いている玲央の目の前に、ゴミ箱の形をしたアイコンが画面に現れた。矢印があって、マウスを持って動かすと矢印も動く。

「なになに、これがデスクトップ——つまり机なのか。ふーん」

スタートアップガイドを見ながら、順に操作を独習してゆく玲央。三十分もしないうちに、彼は操作法をマスターして、日本語入力の勉強を始めていた。

(本当だ! 直人の言うとおり、このパソコンってものすごく簡単に動かせるよう設計されてるんだ。まったく素人のぼくでもすぐ動かせたんだから……)

玲央はすっかり嬉しくなった。そして目の前のパソコンがただの機械という気がしなくなった。

(賢いやつだ。うん)

玲央は、友達がひとり、自分の部屋にやってきたような気になった——。

(よし、いよいよインターネットだ)

インターネットをやるためにはプロバイダーという接続業者と契約しなければならず、それには父親の了解が必要だったが、

「パソコンを使って成績が落ちたら、その時はマシンを叔母さんに返してしまうぞ」

と約束した上で父は渋々、息子がインターネットをやることを認めてくれた。

彼は、自分の妹と息子の間にとんでもない密約が交わされているなど夢にも思っていない。プロバイダーと契約して、クレジットカードの口座を使うことも許してくれた。

そのプロバイダーの名称はＣｙｂｅｒ-Ｎｅｔ（サイバーネット）。大手でもある。

彼の手元にはすでにそのプロバイダーから送られてきたIDとパスワードがある。

（よし、これでＣｙｂｅｒ‐Ｎｅｔに入れるぞ！）

勇んでパソコンに向かった玲央は、閲覧ソフト――通称〝ブラウザ〟を立ちあげた。電話番号、通信速度など必要な項目を設定し、ルーターの電源を入れてから、画面上の電話機のアイコンをクリックした。

《ルーターを初期化しています》

《Ｃｙｂｅｒ‐Ｎｅｔに接続します》

モニターの画面に次々と何が進行しているのか表示されてゆく。

ピポピピパピポ。

ピー、パー、ギー、ガー。

スピーカーからさまざまな音色の信号音がにぎやかに鳴りだした。

《接続中です》

プォンプォン。ビー。

《接続に成功しました》

今度は別のダイアログボックスが開いた。長方形の枠が示された。

《あなたのＩＤをどうぞ》

玲央の指がキーボードを叩く。毎日練習しているので、かなり早い。

《パスワードをどうぞ》

新しいボックスの中に「ＢＩＫＫＵＲＩ！」と打ち込んでやる。

ピポピポポーン！

軽やかなチャイムの音と同時に、パパパと色あざやかなＣｙｂｅｒ‐Ｎｅｔのロゴマークが画面いっぱいに広がった。

《ようこそＣｙｂｅｒ‐Ｎｅｔへ！》

ウエルカムメッセージが点滅し踊りながら表示される。

「やったぁ」

いまやインターネットという電子通信網に飛び込んで世界各地のコンピュータと情報を交換できる。玲央はいま、まさに未知の世界に通じるドアを開けたのだ——。

彼は迷わず「Ｃｙｂｅｒ‐Ｎｅｔに入る」というボタンをクリックした。

Ｃｙｂｅｒ‐Ｎｅｔに入ると、まずトップメニューというのが表示される。

このネットは全体を大きな街に見立てているので、「市役所」「郵便局」「中央広場」「ショッピングモール」「図書館」「インターネット駅」といったふうに分かれている。文字を打ち込まなくても目的のアイコンをクリックしてやるだけで、そこに行けるようになっている。パソコンの操作同様、実に簡単だ。

（ともかく「市民ホール」に行こう）

——「市民ホール」は会員同士が相互に情報を交換する仮想空間である。大きく「市民会議室」と「市民社交室」に分かれていて、玲央がめざしたのは「社交室」のほうだった。

「社交室」は、特に決まったテーマのない、雑談のための仮想空間だ。これはパソコンを繋ぎっぱなしにしてリアルタイムで文章を読み書きする。ネットの世界では「チャット」と呼ばれているコミュニケーションのスタイルである。

「社交室でチャットすると、キーボードに早く慣れるし、いろんな会員とすぐ親しくなれるからね、まずはチャットをやってみるといいよ」

直人の忠告もあったし、違った世界で人間関係を広げたい——あわよくば女の子とも知り合いたい——というのが玲央の願いだから、チャットは最初から目的の一つだった。

（よーし、やったるぜ！）

マニュアルを横目に、玲央は社交室のアイコンをクリックした。
《どのルームに入りますか？　番号を入力してください》
社交室の中は三十もの小部屋に分かれている。各部屋に何人の会員が入っているかを表示してくれる。玲央は一番大勢入っている1番を指定した。
《ハンドルを設定してください》
玲央は迷わず「レオ」と打ち込んだ。
《レオさん、1番ルームにようこそ！¥Mで入室者が表示されます》
ついに玲央は、未知の人間がひしめく空間へ踏み込んでいった――。
もちろん、まったく何も知らないでいきなりチャットが出来るものではない。玲央もCyber-Net入会に際して送られてきたマニュアルを読んで、一応のやりかたを勉強してきた。だから原則的なことはだいたい分かったつもりでいたが、やはり実地に飛び込んでみるとだいぶ勝手が違う。
一番圧倒されたのはすごいスピードで発言が飛び交っていることだ。
玲央が向かっているパソコンのモニター上では、画面が二つに分割されていた。左側には、今入った1番ルームで交わされている会話が、どんどんと下から上へと流れている。

そのスピードの早さに、玲央は思わず頭がクラクラしてしまった。玲央も学校ではワープロやパソコンを使わされているから、キーボードを使って文字入力することは慣れているが、

（は、早い……！　こんなスピードについてゆけるだろうか？）

ビビってしまうほど、すごい早さで発言が行われているのだ。

画面の右側にはいくつものボタンが表示されていて、上から『名簿1』『名簿2』『個室』『入室宣言』『?』『発言』『耳打ち』『退室宣言』……などとなっている。

（ともかく、これをするんだな）

玲央は『入室宣言』のボタンをクリックした。これをしないと傍聴するだけで発言ができないらしい。すぐに最新の発言のあとに文字列が表示された。

《＊＊＊32番ＬＡＳ０４６６　レオさんが入室しました＊＊＊》

ほとんど間髪をいれず、彼に向けた歓迎のメッセージが書き込まれた。

《Ｍ3　ＣＬＯＷ　いらっしゃい！　レオくん、ゆっくりしてくれたまえ》

Ｃｙｂｅｒ-Ｎｅｔのチャットルームでは、その時点で一番長く入室しているものが歓迎係・送別係の役割を果たすという不文律がある——とマニュアルには

書かれていた。全員が歓迎や送別メッセージを書くと、同じような発言がずらりと並び、大勢いるルームでは発言の流れが停滞してしまうからだという。
(うわ、もう来た!)
あわてて玲央は返事をした。キーボードを叩いてエディタ上に文章を書き、『発言』というボタンをクリックしてやる。
《M79　レオ　初めまして。今日入会したばかりのレオです。新米です。チャットも生まれて初めてですが、よろしくお願いします》
という文章が表示された。
ちょうどそれまでの話題が一段落していたところらしい。参加者の関心は玲央に向けられた。
《ということは、レオ君はこういうことそのものが初めてということ?》
そんな質問が飛んできた。
《そうなんです》
《レオ君は学生さん?》
《そうです》
高校生だから厳密には生徒なのだがまあ、学生でもいいかと思い、そう返事をしたら、それを聞いた他の参加者はどうやら、大学生だと思ったらしい。

新入りへの歓迎メッセージが一段落すると、話題は元に戻った。

《さっきのトリプルXさんの言ってた、フェラチオの話なんだけどね……》

話題が変わったので、玲央はホッとした。やはり緊張しているから、キーボードも、ミスタッチしたりして、皆と同じようなスピードでは応答できないからだ。新米だから許してくれているのだろうが。

（フェラチオの話題か……）

どうやらこのルームではきわどいセックスの話をしていたらしい。玲央は突然、大人たちの猥談のど真ん中に飛び込んでしまったらしい。まあ、ＣｙｂｅｒーＮｅｔのチャットはそういう傾向が強いと聞いてはいたのだが。

（うはー、とんでもない所に来てしまったな）

そうは思ったけれど、もちろん、出ていこうなどとは思わない玲央であった。

興味津々、話の流れを追っているうちに、ハンドル名「トラさん」という人物がこんな発言をしてのけた。

《フェラチオで射精する時にね、女性に強く吸ってもらったこと、ある？　これってすっごく気持ちいいよ》

《本当？　どうしてかな。逆に射精がアッという間に終わってしまって、快感が減少するような気がするけど》

《そういうことはしてもらったけど、それほど気持ちよかったかなあ》

《私の彼は、そういうこと要求しないわよー。初耳》

《口内発射を嫌がる彼女に、そんなこと要求できないよ》

トラさんは皆がノッてきてくれないのでムキになったようだ。

《タイミングがあるんだよ。ドピュッと出してから吸ってもらってもダメなの。イク瞬間、いや、その一瞬前かな。精液が睾丸から送り出されてきたそのタイミングで強く吸ってもらうんだ。その時の快感ときたら、もう魂を吸われるようなもんだ》

《本当かなー》

《トラさんはいつもホラを吹くから》

どうも皆、信用する気持ちは薄い。しかし玲央は違った。

（本当だよ……！）

叔母の緋見子にフェラチオをされて口の中に放った精液を飲まれた時のことを思いだしてみた。あの時は確かに腰が溶けるような、魂もドロッと溶けて叔母の口に吸い出されるような甘美な快感にうちのめされた。
それまで傍観していた玲央の指がキーボードの上でめまぐるしく動いた。
《トラさんの話、本当ですよ。ぼくも経験しましたけど、頭が真っ白になるぐらい気持ちよかったです！》
これには皆、ちょっと驚いたようだ。
初心者だし年齢も若そうだ（まさか高校生とは思ってなかっただろうが）。自分たちの会話にはついてこれないだろうという見下した意識があったのではないだろうか。
《オッ、レオくん、すみに置けないとはこのことだね。きみ、そういう経験を誰にしてもらったの？》
まさか実の叔母だとは言えない。
《知り合いの、年上の女性なんです。いえ、風俗とは関係ない人です》
《へえー、熟女さんか。なかなかテクニックのある人なんだね》
トラさんは俄然、元気をとり戻した。
《な、言っただろう？ ちゃあんとレオ君だって体験してるのだよ。みんなもそれぐらいのことは試してみて欲しいね》

玲央はちょっと驚いた。
自分よりずっとセックスについては体験も知識も積み重ねているはずの年上の男女が、自分が味わったあの快楽をまだ知らないというのだ。
(叔母さんがしてくれたことって、そんなに特別なことだったの？)
不思議に思っていると、
《レオ君。どうしてそんなに気持ちがよかったのかな？》
挨拶係だったＣＬＯＷという男性が質問してきた。
《そうですね……。こういうことじゃないでしょうか。つまり射精の快感って精液が尿道の中を通過する時の速度に比例すると》
《なるほど、それは言えるな。前立腺を刺激された時の射精って、ダラダラーと弁が壊れて洩れるような射精だろう？　ほとんど快感らしい快感がないもの》
《で、精液が睾丸から尿道の中を走りだした時に強く吸われるとスピードが倍加しますね。単純に二倍になるとすると、快感も二倍になるんじゃないでしょうか》
《そう言われると分かるような気がする。よし、これから彼女を呼んで試してみよう……》

その場で、この特別なフェラチオのやり方は〝レオ・フェラ〟と命名された。そして各自、恋人なりパートナーに頼んで実験してみて、その結果を報告することが決められた。

いつの間にか、玲央はチャットルームの中心にいて、すっかりリラックスしてしまっていた——。

第三章　極彩色の画像

《＊＊M24　FFV6843　ともろぅ☆姫さんから耳打ちです＊＊》
いきなり右側の画面にそんな文字列が表示された。
（エーッ、ぼくに？）
「耳打ち」というのは、チャットルームの中にいる者が、他の人に知られないで直接、誰かに語りかける機能だという。
《ねー、レオ君、きみと二人きりでお話したいわ。個室に来ない？》
耳打ちしてきた「ともろぅ☆姫」とは、これまでの発言の中でもかなりきわどい内容のことをサラリと言ってのける、サバけた感じの、それでいて色っぽい姉貴という感じの女性だった。
もちろん、見えるのは文字列だけで、容貌も体形も見えるわけがない。あくまでも、それまでの発言を読んだうえで形づくられた印象である。
(何て答えりゃいいんだろう?)
初日はチャットルームの雰囲気を摑むだけでも……と思っていたのに、積極的に発言して注目を浴びた結果、妙齢(だろう)女性ネットワーカーからツーショットの誘いまで受けてしまった。
ちょっとためらったけれど、いつの間にか玲央の指は勝手に動いていた。
《はい、行きます。でも初めてなのでよく分からないので、教えて下さい》
《ふふ、素直ねえ。新人はこうでなくっちゃ。いいわよー、お姉さんがなんでも教えてあげる。右のボタンの中に『個室』というのがあるでしょ? それをクリックすると「誰と入りますか?」って訊かれるから、私の入室者番号、M24を打ち込めばOK。さあ、やってみて》
玲央が言われたとおりにすると、これまでボタンが並んでいた右側にかぶさるように別のウインドウが開いた。
〝個室24―79〟という名前がついている。その一番上に発言が表示された。
《M24　ほら、入れたでしょう?》
先に来ていたともろぅ☆姫の声だ。

いや、文字列だから声が聞こえるわけがないのだが、不思議なことに、この頃になると玲央は、文字で記された文章が耳から聞こえるような錯覚に陥っていた。
《M79　なるほど、こういう仕組みになってるんですか。まったく、まだ右も左も分からなくて……》
《ルームのほうの発言は発言で眺めてられるから、自分が呼びかけられたりしてもすぐ応じられるの。だから私たちが個室に入ってることは誰にも分からない》
(なーるほど、うまく出来てる)
玲央は感心してしまった。このCyber-Netが男女の出会いを求めるネットワーカーに人気があるというのも分かる気がした。
感心している玲央に、ともろぅ☆姫がすり寄ってきた(ような感じがした)。
《うふふ。右も左も分からない、って言うけど、きみ、女の体なら右も左もよく知ってるんでしょう?　誰も知らない吸精フェラを知ってるぐらいだから……》
玲央は少したじたじとなりながら、訊きかえした。
《あれって吸精フェラっていうんですか?》
《特に決まった名前かどうか知らないけど、私たちの仲間ではそう言ってるわねえ。私はさっき発言しなかったけれど、けっこう吸精フェラうまいのよ。あれは

コツがあるの。知ってる？》
《いえ……》
コツも何も、生まれて初めて叔母にフェラチオされた時は、ただ快感にうちのめされたようになってうーうー唸りながら悶えていた。コツなど知りようがない。
《女性がね、フェラチオしながら男性の睾丸を揉んでいるの。そうすると、睾丸がギュッと収縮するのが分かるから、その時に、思いきり吸ってあげるのよ》
《はあー》
玲央はいたく感心した。これは刺激を与えている女性でないと分からない。
《まだあるのよ。イクとき、男の人のあそこは先っちょがぶわっと膨らむの。その瞬間に吸ってあげてもいいし》
これも女性でないと分からないことだ。
（こんなことを教えてくれる女性と仲よくなれたなんて……。ラッキー！）
初めてチャットをしたというのに、何やら魅力的な、年上の美人ネットワーカーにツーショットに誘われ、有頂天になってしまう玲央。
しかし考えてみると、ともろぅ☆姫という相手とは、文字でしかコミュニケートしていないわけで、〝魅力的〟〝年上〟〝美人〟――こういったすべては玲央の主観的、独断的な判断によって作りあげた勝手なイメージなのである。
ごくわずかな情報だけを頼りに全体像を作りあげてしまうのだから、人間の想像力というのは、まったくたいしたものというか、逆に、理性というのはたいしたものではないというか……。
ともあれ、玲央は素直に感動を文字にしてともろぅ☆姫に伝えた。
《ともろぅ☆姫さんは、経験を積んでるんですね！　ぼくはまだまだ知らないことがいっぱいなんです。いろいろ教えてください》
《ともろぅ☆姫って、長ったらしいでしょ？　チャットの時は「姫」だけでいいわよ。それはそうと、「教えて」っていうのはパソコンのこと？》
《それもありますけど……、その、セックスのことなんか、もっとお訊きしたいな、と……》
《おやおや、経験豊かなレオくんのくせに、まだ何か知りたいことがあるの？》
《まいったな～。そんなに経験豊富じゃないんですよ。フェラチオだってこないだ初めて体験したんです。たまたまその相手が吸精フェラをしてくれたというだけで、本当言うと、ほとんど童貞みたいなものです》
「みたいなもの」どころか、そのものなのだが、そこは玲央にも見栄というものがある。自分が高校生で童貞だなどと、今になって打ち明けられるものではない。
《ふーん、そうなのかぁ。いいわよ。おねーさんが教えてあげようじゃないの。じゃあ私の実技指導を受けてみる？　まずフェラチオから。私ってフェラチオ、けっこううまいって評判なのよ》
《実技指導？　というと……？》
どこかで実際に会って、セックスのお相手をしてくれるという意味なのかと思い、玲央は一瞬ドキッとした。まだそこまでの心の準備が出来ていなかったから。
《もちろん、チャット・セックスよ。時間があるならね》
玲央は「ふーッ」と吐息をつき、早合点した自分が恥ずかしくて赤くなった。実際、知り合って数分の相手が自分に対して会おうなどというわけがない。お互い、まだどこに住んでいるかも伝えていないのだから。
《チャット・セックスですか……。でも、やったことがないもので……》
《テレホン・セックスは？》
《いえ、それも……》
《なるほどマジメ青年ねぇ。でも簡単なことよ。まず私がリードするから、それに応えてきてくれればいいの。どう？　やってみる？》

（ええい、なにごとも経験だ！）
この段階になると玲央は度胸がついてきた。ディスプレイ上に表示される文字だけの会話だということもある。
女性が苦手だった玲央も、顔を合わせてなければ赤くなったり震えたりしても気づかれることがないし、肉声ではないから声がうわずったり、吃ったりすることもない。
本来の玲央ではなく、別人格の「レオ」になったせいもある。レオは大学生で、あまり経験はないけれど童貞ではない、ごく標準的な青年だ——と向こうは思っているはずで、そうなると自分の分身を操っているような楽しさも生じてきた。
《わかりました。じゃ、姫さんの言う通りにします》
《そうこなくっちゃ！　じゃ、おねーさんがたっぷりフェラチオしてあげるから、準備にかかって》
《準備？》
《まず、邪魔が入らないようにすること。部屋は閉め切って暗くして、好きな音楽を低くかけてもいいよ。そして服は脱いでしまう》
《脱ぐんですかぁ？》

《そりゃそうよ。でなきゃフェラチオできないでしょー》

《じゃあ、ちょっと待ってください》

《ふふ、あわてなくてもいいわよ。私も着替えしたり準備するから》

ディスプレイに表示されるともろぅ☆姫の言葉は、叔母の緋見子のようにハスキーでセクシィな声となって玲央の頭の中に囁きかけてくる。

玲央はあわてて部屋のドアの内鍵をかけ、窓のカーテンをひいた。どうせこの時間、父親は近所の書道塾に教えに出かけていて、戻ってくるのは暗くなってからだ。

服を脱ぐ段になって、玲央はやっと気がついた。

(そうか、全部脱がなくてもいいんだよな……)

どうせ向こうには見えないのである。

文字のやりとりだけなら服を着ていてもいっこうにかまわない。ただ、それでは向こうが一生懸命やってくれたら悪い気がする。

玲央はズボンだけを脱ぐことにした。

(これだってけっこうバカみたいに見える)

半分残ってる理性が冷やかすのを強いて無視して、またパソコンに向かう玲央。

《準備できた？》
ともろぅ☆姫が訊いてきた。
《はい、準備完了です》
《私も準備オッケーよ。下着だけになってあげた。そのほうがレオくんも興奮すると思って》
玲央は頭がカッとなった。向こうも自分と同じように、見えないのをいいことに服を着ている可能性があるなんてことをスパッと忘れてしまった。
先週、叔母の緋見子が彼の前に黒いレースの、オールインワンというなまめかしい下着で立った時のことが脳裏に蘇り、興奮が一気に高まった。
《下着って、ひょっとしてオールインワンですか？》
《あら、レオくんって千里眼？　どうして分かったの？》
《や、やっぱり……！》
玲央はグビッと生唾を飲み込んでしまった。
《姫さんのようにセクシィなおねえさんだったら、そんなランジェリーを着てるんじゃないかって……》
《カンがいいわねえ、きみは。レースの網々になったのを着てるの。乳首もあそ

このヘアーも透けて見えるわよ》
　年齢よりずっと若々しく見える緋見子の締まった肢体のうえに想像の美女――ともろぅ☆姫を重ねてしまった玲央は、もう喉はカラカラ、心臓はドックンドックン状態である。
《当てついでに色も当ててみて》
《黒でしょう》
《いやだー、どうしてそうバッチリ当たるの？　モニターがビデオカメラになってるみたいね。恥ずかしいわ》
　玲央の脳裏には、恥じらって思わず胸や下腹部を手で隠すともろぅ☆姫の姿態が描きだされる。
《黒のレースのオールインワン……。最高だなあ》
《嬉しいわ、レオくんに喜んでもらって……。じゃあ、思いきり丁寧にフェラチオをしてあげるね。いい？　下着はちゃんと脱いで、脚を拡げてね。私、きみの脚の間にひざまずいたから。さあ、緊張を解いてリラックスして》
　ディスプレイ上の文字が催眠効果をもたらしたみたいで、レオは指示されるがままにブリーフを脱いで、椅子に座った姿勢で脚を開いた。

彼の若い欲望の器官は、もうしっかりと勃起して、垂直に近い角度で屹立している。少し椅子を下げないと、パソコンを置いてある机の、天板の裏側に届いてしまうぐらいだ。先端からは透明なサラサラした液が尿道口から滲み出て、むき出しになった赤みの濃い、ピンク色の亀頭粘膜を濡らし、キラキラと陶器のように輝かせている。

《おお、もうこんなに元気になってるじゃなーい。やっぱり若いわね。このギンギン度……。まあ、おねーちゃんのおいしいフェラちゃんが欲しくて、こんなに涎たらしちゃって……。おーよしよし。じゃあ、始めるから、レオくん、キミの手に乗り移らせてもらうわね。利き手はどっち?》

《右ですけど》

《じゃあ、右手の親指と中指を出してみて。それが私の唇ね。そうね、親指が下唇という感じかな。そして人さし指を伸ばして。これが私の舌。ほら、ペロペロ動くでしょ。残りの二本の指が喉のほう、掌全体がお口。分かったかな? ほら、私が舌の先で先っちょをツンツンしてあげる。ツンツン》

何をバカなことと思いつつ、人さし指で亀頭の先端を軽く弾くようにして思わず玲央は「あう」と声をあげてのけぞり、むきだしの尻を椅子から持ち上げてしまった。興奮して充血している敏感な部分に触ったのだから当たり前だが、それはまさに、ともろぅ☆姫の舌がのり移ってきたような感触だった。

《どう? 気持ちよくなかった?》

あわててキーボードを叩く。

《き、気持ちいいですー》

《その調子よ。じゃあ唇でカリ首のところをくわえてあげるわね。ほら、キュッ、クイクイ》

親指と中指で輪っかを作るようにして、亀頭冠と呼ばれる部位をくるむ。まさにともろぅ☆姫の唇にくわえられたらそんなふうに感じるに違いないという快感が彼を襲った。それは叔母の緋見子に実際にそうされた時の記憶と一緒になって、まるでもう一つの現実のような錯覚が生じた。

自分のパソコンはCyber‐Netのホストコンピュータを介して、さらにその向こうにあるともろぅ☆姫のパソコンと繋がっている。ともろぅ☆姫は電話回線と電子回路からなるネットワークの一方の端末から〝気〟のようなものを送りこんできているのではないだろうか。でなければ、どうしてこんなふうに強烈な快感を玲央に与えることができるのだろうか。

言ってみれば、言われたとおりに指を使ってオナニーしているだけの話なのだ。それがどうしてもオナニーとは思えないのだから、ともろぅ☆姫が超能力を使っているとしか思えない。

《感じるでしょー、気持ちいいでしょー、姫のフェラチオは。さあ、これからいよいよ本格的に責めてあげるから覚悟してね……。舌をね、キミの裏筋に当てて、下から上……、上から下へとツツー、ツツー……、パクッとくわえて強く吸って……、ほら、お口すぼめてくちゅくちゅ。チューと吸ってあげる。あらまあ、キミ、もうヘロヘロみたいね。おツユもいっぱい出てきたー。このちょっと塩からいのがいいのよね。飲んであげる。ほら、チュッとくわえてチュルチュル……》

《ひー、うわわ、かんじるうっ》

右手で勃起しきって鉄の棒みたいになっているペニスをつまんだり摑んだり握ったりしているので、キーを打つのは必然的に左手の指だけになっていった。打鍵の速度は極端に落ちてしまい、誤字や脱字もどんどん出てくるが、本人も、ともろぅ☆姫もそんなことはまるで気にしていない。

《ほら、こうやって喉の奥までくわえてあげる。うぐぐ、キミのは太いから息がつまりそう。でも、大丈夫、姫の秘伝、扁桃腺責めで、こうだ！》

現実に喉の奥までペニスを呑み込んだ女性が話せるわけがないのだが、モニタ画面からはどんどん、ともろぅ☆姫の〝声〟が溢れ出てくる。これは声帯の振動を介さない、脳から脳へと直接送りこまれるエスパーの思念のようだ。
《ひー、ひー、UUUUH! GNHGMMM!》
玲央の呻き声は、アメリカン・コミックス調になってきた。ローマ字入力から英語入力に切り替えたからだ。
《今度は必殺技よ。まず唇でカリ首の下を絞めつけて、強く吸いながら舌の裏側でカメちゃんの頭をグリグリ》
《www……! OHHH、mmmm、GGGGG!》
《キクでしょう? さあ、そろそろフィニッシュかな、どう?》
《YESYES!》
《うふふ、私にフェラされる男の子は最後はみんな、英語が上手になるのよねー。では地獄のカメ殺し。お口全体ですっぽりくわえこんでキューッと吸いこんであげる、さあ、腰を使って、おねーさんのお口を犯すようにしてピストン運動よ!》
《YESYESYES! WWOWOWOWOWOW!》

《すっごーい、たくましーい！　私のお口はレオに犯されてる。いつでもイッテいいのよ。キミの熱い、グラグラ煮えてる男のエキス、おねーさんが全部飲みほしてあげる。さあ、イキなさい、レオ！》

《WMMMMMGGGHHHHWWOOOOOOOOH！》

玲央は自分の怒張しきった男性器官を強く握り締め、カウパー腺液でぬるぬるになった全長を激しくしごきたてた。もうキーボードのことは忘れた。裸の尻をのせた椅子がギシギシ軋む。

「うわあああー……ッ！」

腰骨をハンマーで殴られたような衝撃が襲い、高校二年生の少年は頭の中が真っ白になった。

ズッキーン！

射出の快感が若い体の下腹で弾けて背骨をつき昇ってきて頭の真ん中で花火のように開いた。

「う、うううっ、うーん」

彼は気がつかなかったけれど、握りしめた熱い脈動器官の先端から噴きあげた白い濁った液は、勢いよくモニタ画面まで飛び散った。

《イッたわね、レオ。あああ、私の喉をキミの精液が流れ落ちてゆく。熱い熱い精液。おいしい、おいしい、おいしい……》

表示された文字をヌラヌラした液が覆い隠してしまう——。

生まれて初めてのチャット・セックスで、妖女ともろぅ☆姫の言葉でイカされてしまった玲央。本当に彼女に精液を吸い飲まれてしまったような錯覚で、しばらくの間、腰のあたりがドロドロに溶けたような快美な快感にひたっていたが、

「あわわ、わッ、大変！」

買ったばかりのパソコンモニター画面にべっとりと精液を飛びちらせてしまったことに気がついて、玲央は大声をあげて飛び上がった。

もちろんヌルヌルの白濁液はキーボードの上にも飛びちっている。

《どうしたの、レオ？　まだノビてるの？》

応答がないので不思議に思ったらしいともろぅ☆姫が訊いてきた。

（こりゃ返事するどころじゃないや）

精液が乾いてしまったらマシンがどんなふうになるか見当もつかない。

玲央はティッシュペーパーやら濡れタオルなどを持ち出して、飛散した白濁液の始末に追われた。

（こんな時にかぎってこんなに出ちゃって……。トホホ、泣きたくなる）
幸いというか、溜まっていた時期の精液なので、ゼリー状にプリンプリンしているのが多く、キーボードの隙間などにはあまり入り込んでいない。その部分を綿棒の頭などで拭ってゆくとキーボードが押されて、モニター画面上には、
《zzzzz、んんんn、ppppppppp;.;え.;えpsakgdopiejafjpaeえmdaspieaえm》
意味不明な文字列が表示されて、偶然にリターンキーが押されると、その文字列は送信されていった。
《あらあら、そうかー。キーボードに射精しちゃったのね。あはは》
ともろぅ☆姫が愉快そうに笑った。
《だめよぉ。チャット・セックスの時はちゃんとティッシュとか用意しておかなきゃ。あらかじめコンドームをかぶせてする、用意周到な殿方もいるし。そうそう、キーボードにはカバーをかけておくといいわよ。精液だけじゃなくてコーヒーとか飲み物をこぼした時も大丈夫だから》
ようやく始末を終えた——つまり、分身も拭ってブリーフの中に収めてから、おもむろに玲央はキーボードを叩いて答を送った。

《どーもすみません。興奮しすぎたので、ついモニターまで飛び散らかしてしまって……。その瞬間、方向を変えたつもりなんですけど》
《ええッ、モニターまで？　絶句ぅ。若いわねえ。そこまで直撃させるなんて》
ともろぅ☆姫は感心している。
《それで、片付いたの？》
《ええ、何とか》
《じゃ、今度は私が楽しむ番よ》
《ええッ？》
《こらこら、チャット・セックスだってセックスなのよ。気持ちいいことしてもらえたら、お返しをする——これがセックスの基本的なマナー。やりっぱなしで、自分だけが気持ちよければそれでいい、っていうのは、一番、女の子に嫌われるわよ》
《はあ、それはそうですね。すみません……》
思わずモニターの前で頭をかいてぺこぺこしてしまった玲央だ。
《といっても、そんなに噴きあげたのなら、すぐにといってもムリね。しばらく休ませてあげる。三十分したら、またこの個室に来てくれる？》

玲央には断る理由がない。どういうふうに彼女を喜ばせてやったらいいのか、見当もつかないのが不安だが。

《分かりました。そうします》

《それと。メールで画像を送っておくから、それを展開しておいてね。通信ソフトの横に見えるようにしておいてくれればいいわ。じゃあ、三十分したら、またねー》

インターネットで初めて出逢った女性は去っていった。

「ふー」

玲央はチャットルームから出た。

まだチャットを続けている他のメンバーに退室宣言をするべきかどうか迷ったが、三十分したらまた入室するわけだから、ここは黙って「落ちる」ことにした。つまり接続を切った。

(うーん、興奮しすぎて喉がカラカラだー……)

キッチンに行き、冷蔵庫からウーロン茶を出してゴクゴクと飲んだ。

(しかし、よりにもよって一番最初にともろぅ☆姫さんみたいな女性メンバーと会えてラッキーだったな。彼女ならもっといろいろ教えてくれそうだ)

やはりネットをやってよかったと思いつつ、愛機の前に戻った。

（そういえば画像をメールしてくれると言ったけど、何だろう？）

再びＣｙｂｅｒ－Ｎｅｔにアクセスしてみた。

ネットに入ったところで、右下に赤い郵便ポストがある。前はスリムだったのが、今は何かを呑み込んだようにふくらんでいる。

（ははあ、これでメールが届いていることを知らせているのか……）

傍においたマニュアルを調べて、書かれているとおりにポストをクリックした。

《郵便局です》

画面がいきなり変わって、郵便局の中に移動していた。右手に差出窓口、左手に一個だけの郵便受け。そこがチカチカ点滅している。クリックしてやると、ダイアログボックスが開き、

《メールが一通届いています。（バイナリ、２５０Ｋｂｙｔｅ）展開しますか？》

そう訊いてきた。

「はい」をクリックすると、

《少しお待ちください》

何やら棒グラフのようなものが出てきて、左端からどんどん黒くなってゆく。

全部が黒くなると、パソコンがピーという音を発した。その間、十秒たらず。

ほとんど瞬時に、その枠の中に写真の画像が映し出された。

そいつが網膜にとびこんできた瞬間、

「うわああ！」

玲央は椅子から飛び上がってしまった。

パソコンの十七インチ、カラーモニターの画面いっぱいに映し出されたのは、女性の、それも成人した女性の、一番女性らしい部分の、何も隠されていない、接写された拡大画像であった。

「うーん……、こいつは凄いや！」

玲央も十七歳の高校生である。

清く美しく正しい行ないをモットーにしているミッション系の学園ではあるが、好奇心ざかりの男の子であるから、実物はまだ見たことはないものの、そういう絵や写真を見たことがないわけではない。

特に悪友の塚原直人は、インターネットを駆使して、そういうエッチ画像をゲットするのを趣味にしているから、彼の部屋を訪ねた時は、いくつも見せられたものだ。

だが、たった今までチャット・セックスしていた魅力的な妖女の、その部分をドバッと開いた写真画像が、ほとんど実物大、しかも1670万色フルカラーで表示させられたのだ。それこそ手で触れれば、濡れてキラキラ光る薄いピンク色の粘膜が感じられそうな、圧倒的な迫力で迫ってくる。

射精したばかりの若者の欲望器官は極彩色の画像のおかげで、またムクムクとふくらみ始めた。

(電子メールでアッという間に、こんな画像をやりとりできるのか……)

自分で体験してみて、初めてインターネットがどんなにすごい通信手段なのか、玲央はようやく理解できた——。

おかげで元気をとりもどした玲央は「三十分後にまた個室に来て、今度は楽しませて」というともろぅ☆姫の求めに応じて、再度Cyber-Netにアクセスした。

1番のチャットルームに入って入室者のリストを見ると、ともろぅ☆姫も「落ちた」らしく、彼女のID番号、FFV6843が見当たらない。

(じゃあ、彼女が戻るまでチャットをROMしていよう……)

このあたりになると、玲央もネットワーカーの用語で考えるようになっていた。

この場合のＲＯＭとは、発言しないで「読む」だけの参加者という意味である。

チャットルームでは、必ずしも全員がチャットに参加するとは限らない。いや、ただ「傍聴」しているという者がかなり多いのだ。

玲央が感心してチャットの成り行きを見守っていると、いきなりピポパという音がして、画面に文字が出た。

《＊＊Ｍ24　ＦＦＶ６８４３　ともろぅ☆姫さんから耳打ちです＊＊》

（おお、姫さんも戻ってきた）

さっそく玲央もＭ24を指定して、個室に入り、また二人きりになった。

第四章　秘密の部分

《レオ君、元気になった？》と訊いてくる。
《はいッ、もうモリモリ。だってすごい画像なんですもの。感謝感激です》
《無事、展開できたのね？　うひゃうひゃ。レオ君が私のアソコを見てどう思ったか、感想を聞きたいわ》
レオのモニター上では、ともろぅ☆姫が「私の」だと言う秘密の部分が完全無修正のまま、どーんと表示されている。その右側の部分に通信ソフトが表示され、プログラムが走っている。モニター画面が大きいと、こういう芸当が出来るわけだ。
（えッ、これをどう表現しろっていうの？）
玲央は感想を求められて一瞬、困惑した。こういうのを絵や写真で見るのは初めてではないが、しかし、比較や対照ができるほど経験があるわけではない。第一、彼はまだ女性と体験したことのない完全童貞少年なのだから。

(仕方ない、思ったとおりに言うしかないだろう)

〝正直であれ〟というのが、玲央の学んでいるマドンナ騎士団学園のモットー。それは同時に玲央のモットーでもあった。彼の指がキーボードを叩いていった。

《よく言われることですが口に似ています。女の人が口を開けて笑っていると喉のほうまで見えるときがありますよね。あんな感じかな》

《下のお口というのはよく言われるわね。小陰唇、大陰唇というぐらいだから。問題は美しいかってこと》

《それは……不思議なんですが、美しいかと訊かれると困るんです。汚いかと訊かれても答えられないですね。魅力的に見えます。自然にキスしたくなる。女の子の唇と同じに、キスしたくなります。だから……美しい、醜いという物差しでは測れないものだって気がします。ともかく複雑そうに見えてドキドキするもの》

《なるほどー。キミのように言ってくれる男の子はなかなかいないよ。気持ちが悪いとか恐ろしいとか。『食べられちゃいそうだ』というのもいたな。

世の中、美しいもの、醜いもので分けちゃいかんのよね。ドキドキするもの、ドキドキしないもの、で分けなくッちゃ》
なんだかともろぅ☆姫はずいぶんと嬉しそうだ。玲央の答えかたがよほど気にいってるようだ。
《じゃあ、レオくん、いま私が、『私のアソコにキスして』って言ったらどうする?》
レオは思わず叫びながらキーを叩いていた。
《もちろん! しますしますします》
《おおッ、いい答。じゃあ、私のアソコを最初にキスするとしたら?》
レオは思わずマウスを動かし、カーソルをピンク色のキラキラ輝く粘膜の中心へともっていった。
《ここです》
《そこって、ど真ん中?》
ともろぅ☆姫は読心術師なのか、あるいはこのパソコンと彼女のパソコンはお互いの画面の状態を知ることができるのだろうか。ズバリとカーソルの位置を言いあてた。

《はい、そうです》
とたんにともろぅ☆姫はきびしい口調になった。本当にきつい視線が画面の奥から飛んできて、玲央の顔に突き刺さったようだった。
《こらこら、童貞少年じゃあるまいし、キミみたいなモテモテ男の子がそれじゃ困るわね。そんなことだから日本男子はバカにされるのよッ》
《はあ、ダメですか》
文字どおりの童貞少年である玲央はギクッとした。
《だめだめ。自分がしてもらった時のことを考えなさい。私がいきなりパクッと大口開いて、キミのを喉の奥まで呑み込んでングングしてあげた？》
思い返してみた。
（そういや、緋見子叔母さんは、最初は舌だけでさーッと触れるようにしてきて……。さっきの姫さんは舌先でツンツンと……）
モニターの前で玲央はまた首をすくめ頭をペコリと下げてしまった。
《そうでした。最初は軽く舌で突つかれたり舐められたりします》
《そうでしょう？　いきなり真ッ芯を攻めるのはサイテー。それは手で触ってあげる時もキミの分身を入れてあげる時も同じよ。初めは周囲から、それも優しく、

だんだん中心へ、そして刺激も強く――これがセックスの基本。チャットセックスだからって軽くみたらダメ》

厳しく言われて玲央はひたすらペコペコするばかりだが、

（こうやって姫さんに教えてもらえれば、本当に体験するときは、絶対に差がつく！）

そう思った。つまり飛行機のパイロットがコンピュータのシミュレーション装置で訓練するのと同じだ。

《それじゃあ、もう一度トライして。言っておくけど私はベッドの上にあおむけ。キミはもう私のパンティを脱がして、私の脚の間にいて、すっかり濡れてしまった私のアソコを見ている。さあ……》

玲央は意識を蠱惑的な女体の、唇に似た器官へと集中させていった。錯覚に違いないのだが、ともろぅ☆姫が、切なく喘いで囁きかける、その息の熱さが感じられた。

《上のほうからいきます。ふわふわと生えてててツルツルした感じの毛がいっぱい生えてる高いところ、そこに息を吹きかけます。ふーッ》

思わず本当に吹いてしまった。

文字列が躍る。

《ワッ、そこ私の弱点！　興奮してる時はね、そこのヘアーが逆立つの。パンティ脱いだ時は、圧迫されてペタッとなって寝ていたのが、そこを掌で触れるか触れないか、って状態でなでなでされると、ファーッと逆立ってくるんだから》

（ひえー、本当かよ。そんなことがあるなんて、どんな本にも書いてなかったぞ）

玲央は思わず掌をのばして、秘毛の一番濃い部分にかざしてみた。静電気のせいかチリチリとした細い繊毛の先端が掌の敏感な部分を擽るような感じがした。

《くく、レオ君、私が言ったようにしてるね？　ああ、そうよー、いい感じだわ。もう一度ふーッと吹いてみて》

もちろん画面に顔を近づけて言われたとおりの部分に息を吹きかけてやった。誰かがそれを見ていたら、何をバカげたことをやっているかと、笑われてしまうだろうが、そんな意識は薄れてしまっていた。

《ああ、ゾクゾクするうッ。見て、爪先までピクピクしてしまったでしょ。

女の子はねえ、ポイントポイントを優しく刺激してやれば、充分に感じるのよ。私なんか一度、逆立ったヘアーを撫でられてるだけでイッたことがあるんだか

ら》

ともろぅ☆姫はうっとりとした表情で、シーツに横たえた裸身をくねらせている――ように玲央には思えた。

(うわ、もうたまらない。痛い!)

勃起した器官が彼の下着を突きやぶりそうだ。彼はまたブリーフの前開きからギンギンに固くなったものを取り出してやった。

その先端からは透明な液がまた滲み出て、赤みを帯びた亀頭の部分をキラキラと濡れ輝かせていた。

(そうか、ともろぅ☆姫さんの、このピンク色の粘膜を濡らしてる液も、ぼくが今溢れさせている液も、同じようなものなんだ)

男子ばかりの間にいて、実体験にもとづく性的な知識が得られなかった玲央は、そんなことにまで感心してしまった。

モニター画面の向こうからは、自分の魅惑的な部分をすっかりさらけ出してしまった妖女が、彼の愛撫を待って呼びかけている。

《ね、レオ君。今度はどこをかわいがってくれるのぉ?》

高校二年生、やりたいざかりの童貞少年は、ハアハアと荒い息をつき、一方の手で昂ぶりきった熱い分身を握りしめ、次の攻撃部位へと意識を集中させていった――。

(次はクリトリスといきたいところだけど、やっぱりまだ早いんだろうな……。じゃ、ここか……?)

カーソルを左の腿の付け根の部分に動かしてみた。鼠蹊部の下、丘から下ってきた黒い秘毛が左右に分かれて、唇に対する髭のようになっている一帯だ。このお髭は、完全にともろぅ☆姫の下の口を囲んでいなくて、半分ぐらいのところで途切れている。

《今度は、左側のお口の横……、ええと、半分毛のはえた堤防みたいに盛り上がってるところ》

ともろぅ☆姫はすばやく反応した。

《あッ、ドテにきたのね。大陰唇。私、そこ、弱いんだ……。うう、舌を這わせないで……》

やっぱり周囲から攻めてゆくのが正しいのだと、玲央はともろぅ☆姫の反応から学んだのだった。

《そこを舌で舐めてあげます》

《ああ、く、くすぐったい。でもキモチいい！》

ともろぅ☆姫はそこを刺激されるとどんな感じがするのか、自分の性愛器官がどんなふうに変化してゆくのかを克明に告げてくる。

童貞の玲央はまだ愛液をその目で見たことがないけれど、彼女に説明されると、薄めたミルクのような液が、唇の一番底の部分から溢れてきて、彼女が「お尻の穴まで濡れちゃう」というように、会陰部を濡らしてゆくのが見えるような気持ちにさせられるのだ。

（これって、ゲームだな……）

途中で玲央はそう思った。確かにシミュレーションゲームだ。プレイヤーはパソコンから教えられながら、女体の適格な部位を適格に刺激して相手を昂奮させ、オルガスムスに導いてやる。だが、それだけだったら空しい遊戯にすぎない。

今やっているゲームは、パソコンを介してその向こうにいる生身の女性が相手なのだ。機械を歓ばせているわけではなく、ともろぅ☆姫を歓ばせている。

十七インチモニターの画面いっぱいに広がる女性の魅惑の源泉の本体がどこかにあって、玲央の言葉、息、手指のタッチに反応してピクピク痙攣したりジュルジュル愛液を溢れさせているのだ。

たぶん魅惑的な匂いも発散しているに違いない。それがどんな匂いか、体験のない十七歳の少年には分からないけれど、級友たちの間を回し読みされているポルノ小説によれば「男を狂わせる甘酸っぱい」と書かれているから、たぶんそんな匂いなのだろう。

どの部位をどのように刺激しているかを伝えてやるたびに、ともろぅ☆姫の反応は高まってゆく。

《今度は花びら？　そうよ、あうッ、そう、軽く噛んでもいいわ。ひっ、や、優しくよ、優しく。あッ、はあーッ》

（姫さんは感じてる！）

自分の与える刺激――実際にはただ文字を送っているだけなのだが――で相手が確実に快感を得て、メロメロになっているという確信が、玲央に奇妙な自信を与えた。

これまで、異性とはキスもしたことがない。その自分が発する言葉で相手が興奮し快感を覚え夢中になってくれるという体験は、たとえそれがチャットルームという仮想空間の中の出来事だとしても、玲央に新鮮な感動と感激と興奮を与えてくれた。

彼の下半身はブリーフ一枚で、再び勃起した男性の欲望器官は前開きの部分からにょっきりと突き出して、垂直に近い角度で聳《そび》えたっている。

包皮がすっかり後退して、やや槍の形に先端の尖った亀頭は充血して真っ赤に膨張し、尿道口からとめどもなく溢れる透明な液はすっかり肉茎を濡らしている。玲央がパソコンを操作する合間に左手でしごきたてるからだ。

それを察知したのだろう、ともろぅ☆姫は新しいプレイに誘ってきた。

《レオくん、私だけ楽しませてもらって悪いわ。きみもギンギンに勃っているんでしょう？　触らせて。あッ、すごーい、こんなに青筋立てて、涎ダラダラたらしちゃって！　うーん、若いって素晴らしい……。またしゃぶりたくなったわ。ね、シックスナインやらせて》

実際に玲央の怒張しきったものを目の当たりにし、触って感触を確かめたかのような感嘆。

《いいですよ。どうやって？》

《今のまま後ろにできるだけのけぞって。私がさかさまにきみの上にのっかる。いい？　ほら私の腿がきみの顔をはさんだ。私の顔のまん前にきみのぶっといのがビーンと立ってる。ううッ、おいしそう。私がしゃぶるから、きみも私をしゃ

ぶるのよ。ほら、くわえてあげる……》

その瞬間、自分のを握っていた玲央は、指と掌がともろぅ☆姫の唇と口腔と化したような錯覚に捕われた。

《あ、うッ……！　気持ちいいッ》

叫びを文字にしてしまった。

《ダメよぅ、レオ君、私をしゃぶるのを忘れちゃ。もうかまわないから、私の白い蜜がどんどん溢れてる中心にキスして。蜜を呑みながら舌を入れてきてぇ……！》

《ようし、それじゃお望みどおりのことをしてあげる。ブチュッ》

《ひーッ、か、感じるぅ！　私も負けないわよ。このカリ首のところをペロリだぁ》

《うあーッ、き、きくぅ、ひー、UUUUH！　GNHGMMM！》

玲央の呻き声は、またアメリカン・コミックス調になってきた。

《www……！　OHHH、mmmm、GGGGG！》

ともろぅ☆姫のほうもそれに合わせてきた。

《FUCK　ME　WITH　YOUR　MOUTH！　COMEON　BAB

Y！》
《YESYESYES！　WWOWOWOWOWOWOW！》
《WMMMMMGGGHHHHWWOOOOOOOOH！》
互いのモニター上に無意味なアルファベットが飛び交い、怒張しきった男性器官を強く握り締め、カウパー腺液でぬるぬるになった全長を激しくしごきたてる玲央は、再びオルガスムスへの引き返せない段階に突入していった。
「うおおおー……ッ！」
頭の中が真っ白になる快感に襲われながらも、今回はかろうじてティッシュペーパーを摑みとる余裕はあった。
ズッキーン！
熱い脈動器官の先端から噴きあげた白い濁った液は、今度はキーボードやモニターを汚さずにすんだ。
《……》
通信が途絶したことで、ともろぅ☆姫は彼が射精したことを知ったようだ。
《イッたのね、レオ。あああ、私もイク。だから唇はそのままよ。離さないでいて。ああ、ああっ、Wooooooooh！》

たぶん自分の手指を激しく動かしたのだろうか。向こうからもぷっつりと文字列の送信が途絶えた。

二分ほどして、気をとりなおした玲央が、

《気持ちよかったですか、ともろぅ☆姫さん?》

そう質問すると、すぐに答が返ってきた。

《きみががんばってくれたおかげで、精液を飲みながらイッてしまったわ。最高! じゃあ、またどこかのチャットルームで会ったら、よろしくねッ》

そう告げて、いきなり消えてしまったので、玲央はびっくりした。

(もう少し、何か言葉を交わしてくれたっていいのに……)

ちょっと落胆しながら、彼は『個室』から出た。そろそろ夕食の時間帯に入る。チャットルームのメンバーも潮がひくように退出していた。玲央も退室宣言をしてから通信を終了した。

ルルル……。

ちょうどその時、電話がかかってきた。

「どうだった? Cyber-Netにちゃんと入れた?」

玲央のネット教授役、級友の塚原直人だった。教えたとおりにできたかどうか心配になったらしい。口では冷淡なことを言うが、本当はいい奴なのだろう。

「ああ、できたよ」

直人に対して自慢したい気持ちが起きて、玲央はともろぅ☆姫なる女性から声をかけられて『個室』でチャット・セックスを二度も交わしたこと、画像は彼女から「自分のものだ」と言って送られてきたこと——などを打ち明けてしまった。

「ふーん、ともろぅ☆姫ねえ……。なんか『ネットおかま』くさいな……」

直人が突然、耳なれない言葉を口にしたので、玲央は訊きかえした。

「なに、その『ネットおかま』って?」

「ネットの中で、男のくせに女になりすまして、男たちを誘惑するやつのことさ。どこのBBSもまだ女性の会員は少ないから、女と名乗ればチヤホヤされるからね。そうやって男たちをからかって喜んでいるのが多い。まあ変身願望を満たして楽しんでいるのもいるけど」

「そんな奴がいるの?」

びっくりした玲央だが、すぐにムッとして答えたものだ。

「あのともろぅ☆姫さんは、ネットおかまなんかじゃないよ!」

「じゃあ、ほんものの女だとどこで分かった?」

「それは……」

答えようとして、玲央は言葉に詰まった。

ともろぅ☆姫というハンドルは向こうが勝手に自分につけたものだ。玲央はわりと正直にレオと名乗ったけれど、「花子」だろうが「マリリン」だろうが、女性の名前を名乗ろうと思えばできる。

「目で見たわけじゃないだろう？　声を聞いたわけでもない。ただ向こうが女のようなハンドルを用いて女のような言葉づかいをしている——それだけで女だと、どうして言えるんだ？」

「だって、画像が……」

「おいおい、それが送ってきた人のアソコの画像だって、分かるものか。ネットの世界、そんな画像はどこにでもある」

「う、うーん……。そう言われればそうだけど、そんなバカな……」

「ネットじゃ、ネット人格という、本来の自分とは別の人格を持てる。そのせいで、子供が大学教授を装ったり、大学教授が子供になったりするんだ。中でも多いのが、女の人格になりたがる男さ。じゃあ、ネットおかまかそうでないか、診断してやるよ。チャットのログが残っているだろう？」

「ログ？」

「通信した内容の記録だよ。おまえのソフトだったら、ログフォルダというフォルダの中にある。今日の日付と時間のついたファイルがそれだ。その中からともろぅ☆姫の発言を全部抜き出して、ＬＨＡ圧縮してからバイナリメールしてくれ」

　直人が電話を切ってからも、玲央はしばらくぼんやりとしていた。

（あのともろぅ☆姫は、ほんとにネットおかまなんだろうか？）

「違う」と思った。いや、思いたかった。しかし直人の言うとおり、本当は男だという可能性は確かにある。

　玲央はしぶしぶログファイルを開き、今さっき交わしたばかりのともろぅ☆姫の会話の中から彼女の発言だけを抜いてまとめ、それを言われたとおりの方法でバイナリファイルというものにして、直人のＩＤに電子メールで送ってやった。

　自分の発言は、興奮が醒めてしまうととても読めたものではない。だから全部削除してしまった。

　数分もしないうちに、彼からまた電話がかかってきた。

「いま、ネットおかま判定ソフトにあのログをかけてみた。八十八パーセントの確率で、ともろぅ☆姫は男性と出たよ」

「ええッ、そんな……」

玲央は全身から力が抜けたみたいになった——。

「おまえがそんなに早くチャットを始めてしまうとは思わなかったから注意をするのが遅れたけれど、ネットの世界じゃ、ネットおかまがうようよしているんだ。だからこういうソフトが必要になったんだよ」

直人が言うには、そのネットおかま判定ソフトの名は『セックス・チェッカー』というのだそうだ。

使用されている単語、話法、文法を蓄積させた大量のデータと参照させて解析してゆくらしい。作ったのは某コンピュータ企業で働くプログラマで、彼もまたネットおかまにだまされ、一念発起してそのプログラムを作ったと伝えられる。

一般に供給されているわけではなく、インターネットのどこかのサイトに置かれていて、利用したい人間は判定してもらいたい文章を電子メールで送りこんでやると、自動的に処理されて、すぐに結果が送り返されてくるという。

直人は、パソコンよりはもっと大量のデータを処理できるワークステーションというコンピュータを使って解析しているのではないかと推測している。そんなものを苦心して作り、それを無料で使わせている人間が存在することが、玲央を驚かせた。ものすごいエネルギーを注ぎ込んだわりには実用性があまりない、バカバカしいようなソフトではないか。

「で、そのソフトの信頼性はどれぐらいあるんだ?」

まだ信用しきれない口調で玲央は訊いてみた。

「かなりのものらしいよ。Cyber-Netの中でもいろんな男性が挑戦してみたけど、確率六十パーセントをきったというのはプロのおかま数人ぐらいだった。シロウトが遊び半分に女言葉を使ったぐらいじゃ、ほぼ百パーセント、バレてしまう」

「どこでどうしてバレるのかなあ」

「男が考える女言葉というのは『……だわ』なんてのをやたらに連発したりするんだけど、実際の女性は男が思うほど女らしい言葉を使っていない。そこらへんが逆にバレる要素らしい。それと、ともろぅ☆姫の場合、何回か、『パンティ』という言葉を使ってるだろう? こういうのも判定の要素だときいたことがある」

確かにその言葉を口ばしってというか、指ばしっていたともろぅ☆姫だ。

「うーむ、そう言えばそうだ。今どき『パンツ』のことを『パンティ』なんて言う女の子はいないものなぁ。推測した下着の種類や色がことごとく的中したのもヘンだ……」

直人の説明で、「やっぱり彼女はネットおかまで、実際には男性だったのか」と思うようになった玲央である。

電話を介して彼の落ち込みようを察したのか、直人は慰める口調になった。

「あのな、玲央。ネットの世界にはいろいろな楽しみかたがあって、日常生活とは違う自分になれる、変身できる楽しみっていうのもその一つなんだ。ネットおかまだっておまえをだまして喜んでるんじゃなくて、女になりきってる自分が楽しいからやってるのも多いと思うよ。いや、男の中にも女の部分がいくらかあるわけで、玲央が相手にしたのは彼の中の『女』だったと思えば、許せるんじゃないか？」

「う……？　そんなものかな？」

玲央は直人の説明が分かるようでもあり、分からないようでもあり、あいまいな返事をして電話を切った。

（でも、いくら仮想現実だなんて言っても、相手が男だったら、やっぱりイヤだよ……）

なんか気抜けした感じでボヤーッとしていると、電話器が鳴った。

「はい、香野です」

「もしもし、玲央くん？　よかった、居てくれて」

息せききったような甲高い声。

「誰かと思ったら叔母さんじゃないですか。どうしたんですか？」

「どうしたもこうしたも、とにかく今すぐ来て欲しいのよ！」

叔母の声はいつものトーンではない。とにかく焦りまくっているといった感じ。

こんな叔母に接したのは初めてだ。

「どうして？　元気ドリンクは明日配達する約束だったでしょ？」

「元気ドリンク」というのは精液を指す二人だけの符丁だ。

「違うちがう、その用事じゃないの。ともかく叔母さん困ってんのっ」

さすがにのんびり屋の玲央も、叔母の激しい息遣いに、なにかただならぬ事態が進行しているのだと気がついた。

「もしもし叔母さん、何があったの？　病気？　大丈夫？」

「大丈夫じゃないけど、ともかく来てぇッ」

そう叫ぶような声が伝わってきたかと思うと、ガチャリと唐突に切れてしまった。

(なんだよぉ、こっちの都合も訊かないで勝手なことを……)

ちょっとムカッとしたが、パソコンを買ってもらったスポンサーでもあるし、しかもいつも泰然としている叔母がただならぬ気配だったから、すぐに家を飛び出した。

隣の恋路ヶ浜市にある叔母の家まで自転車をとばして、到着した時は玲央の息もかなり切れていた。

第五章　熟女の網タイツ

「叔母さーん、玲央です。来ましたよ～」

舞踊教室の二階にある緋見子の家は玄関に鍵がかかっていなかった。勝手を知っている甥はずかずかと家の中に入っていった。

「叔母さーん」

居間に入ったとたん、ギョッとして立ちすくんでしまった。

叔母ではない、別の女性と鉢あわせしてしまったからだ。

彼を待ち受けていたのか、両手を腰にあて仁王立ちになって睨みつけていたのは、緋見子とほぼ同じ——つまり三十五、六歳といったところの、玲央からみれば「おばさん」世代の女性である。

ただ、そこいらの「おばさん」と違うのは、彼女がすごく妖しい魅力を発している、目鼻だちのハッキリした美人だということ、肉体も年齢を感じさせない、すらりとした体形を保っていることだった。いや、これまでそういった年代に興味をもったことのない玲央でさえ、思わずドキッとしてしまうほどセクシィだった。

どうしてそれほど体形が分かったかというと、彼女が身に着けているのは黒い半袖のレオタード一枚に黒い網タイツだけという格好だったからだ。

ふつうの家ではあまり見かけられない格好だが、叔母の緋見子は舞踏師であり、階下は彼女の主宰する舞踊教室『宇宙ダンススタジオ』であるから、ここでは別に珍しくはない。

それでも玲央はドギマギしてしまった。叔母の場合は贅肉を全部削ぎ落とした少年のような肉体だが、この「おばさん」は違う。胸の谷間はくっきりと刻まれ、下腹部の丘はこんもり、ヒップは左右にパンと張り出し、女らしい豊かさが満ちている。

(す、すげえ……!)

思わずゴクリと唾を呑み込んでしまった。

「きみが玲央くん?」

ここにダンスを習いにくる女性のほとんどがそうなように、ヘアバンドで額を出すように髪を束ねている美女はやってきた十七歳の少年を、頭のてっぺんから爪先まで舐めまわすようにして視線を這わせた。

玲央はこれから自分を食べようとしている蛇に見入られた蛙のような心境だった。

「ええ、そうですけど……、ど、どなたですか？　あの、叔母さんは？」

真っ赤な口紅を塗った唇がパカと割れて白磁を思わせる歯が剝き出しになった。どんな固いものでもバリバリ嚙み割ってしまえるような健康で頑丈そうな歯だ。

玲央は思わずたじたじとなって後ずさりした。

いや実際、近づいてくるなりやにわに彼の肩の近くの腕をがっしりと摑んだ彼女のレオタード一枚の肉体からは、クラクラするような匂いが発散して、童貞少年はその匂いを嗅いだだけで、思わず勃起してしまったほどだ。

「どなたですかと訊かれたら答えないわけにはゆかないわねえ。私は林美峰《りんびほう》。きみの叔母さん――緋見子のパートナーよ」

名前からすると中国系らしい。言われてみればチャイナドレスなど着せたらさまになりそうだ。緋見子と呼び捨てにするぐらいだから、そうとう近しい関係に違いない。

「パートナー?」

きょとんとした少年の顔の前でまた赤い唇がパカと割れる。

「そうよ。宇宙舞踊普及運動、このスタジオの経営——そういう事業のパートナーでもあるし、セックスのパートナーでもあるし。つまり二人は一心同体というわけ」

それで玲央も、女の正体がようやく分かった。

(叔母さんのレズの恋人なんだ)

緋見子は三十六歳の今まで結婚したことがない。レズビアンだったと知ったのはつい先日のこと。叔母に迫られて近親相姦をしてしまう心配は無用だと、玲央の精液を飲みたがる緋見子がすすんで打ち明けてくれたのだ。

「その叔母さんだけど、いま寝室にいるの。きみを待ってる」

「電話してきた時、様子がおかしかったんですけど、大丈夫ですか」

背筋がゾクゾクするような妖艶な笑みがばしゃばしゃと湯水のように景気よく玲央の全身にふり撒かれた。

「大丈夫かどうかはきみ次第ねぇ。きみが素直に私の質問に答えれば大丈夫。答えないと大丈夫ではなくなる」

「どういうことですか?」

「まあ、来なさい」

彼の腕を強い力で摑んだまま廊下をひきたててゆく。やはり舞踊で鍛えた肉体なのだろう、男の子にしては華奢な体格の玲央は身長からしてすでに負けている。とても振りきって逃げるとか出来ない力強さだ。

「さあ、叔母さんに会って挨拶するのね」

ドンと突き飛ばされて入っていったのが、生まれて初めて見る叔母のベッドルームだった。シンプルなダブルベッドが置かれたホテルの部屋のような感じの部屋。

叔母の緋見子はベッドではなく、簡単な書き物ができるライティング・ビューローの前に置かれた椅子に座っていた。

「うわわ、叔母さん……!」

叔母の姿をひと目見たとたん、玲央は飛び上がってしまった。

元気ドリンク——つまり玲央の精液を飲む時の彼女は、甥が勃起するようにと色っぽいレースのオールインワンという下着を着けてくれたが、それ以上の素肌は見せてくれたことがない。

ところが今の緋見子は、下着一枚の裸だった。彼女の小麦色したしなやかな肉体を覆うのは、下腹部を包むぴっちりした白い薄布、レオタードアンダーと呼ばれる下着だった。

早い話が前から見ればY、後ろから見ればTの形をした、女性の一番神秘的な部分を覆うだけのシンプルな下着だ。きわどい形をしているのは別に男性を刺激するためではなく、上に着けるレオタードから下着のラインが見えないようにするためである。

伸縮性に富んだ化学繊維で織られたランジェリーはごくごく薄く、それがぴったりと緋見子の大事な部分を包みこんでいる。伸びきった布は半透明に近くなって、黒い茂みの形状から悩ましく盛り上がった丘の形まで、モロに見るよりも何倍も刺激的な状態で玲央の網膜に飛びこんできた。

ショーツ一枚ということは乳房もまる出しということで、これも玲央は初めてお目にかかる部分だ。

緋見子の乳房は謎の中国系美女のそれのように堂々と突き出してはいないが、椀型に少しのたるみも見せずに盛り上がっている形のよいそれには、男なら誰でも、あるいは女性であっても、つい手を伸ばしてちょうど掌にすっぽり収まるぐらいのサイズの半球をくるんで揉んでやりたくなる、そんな可憐さであった。

それだけでも玲央にとっては刺激が強すぎる光景なのに、さらに彼の若い牡の血を滾《たぎ》らせるような光景が演出されていた。

下着一枚の叔母は、背もたれのある書き物用の椅子にただ座っているだけではなかった。両手を背もたれの後ろに回して、細紐のようなもので縛られているのだ。胴体にも縄がかけられてくびるようにされ、さらに両脚は足首のところで椅子の左右の脚にくくりつけられている。

そして口には白い布きれ——どうやら下着の一部らしいものが押し込まれていた。猿ぐつわを噛まされて声が出せない状態なのである。

「お、叔母さん……」

エイリアンと闘う女性の宇宙飛行士を思わせる闘士的体形の緋見子がいったいどうしてそんな哀れな格好でいるのか、理解しかねていると、背後から強い力で腕をねじりあげられてしまった。

「なにをするんですかッ！」

驚いて暴れたが、アッという間に彼は後ろ手に手首を括られてしまった。

「サッ、ここに座って」

座らせられたのはダブルベッドの縁。椅子に縛りつけられた叔母のヌードの真正面。玲央は動転してしまい、赤くなったり青くなったりするだけ。高校二年生の甥の前にきわどい形の下着一枚で緊縛された裸身をさらす緋見子も同様に、真っ赤になって顔をそむけてなんとか縛めを逃れようともがいている。

「うふふ」

林美峰という熟女美人は向かい合わせにした二人を交互に眺めてからニンマリと笑った。それから玲央のほっぺたを軽くぴたぴたと平手で叩いた。

「かわいい坊やねえ。さあ、この私に白状するのよ。きみ、緋見子と何回ぐらいセックスしたの?」

玲央は一瞬、耳を疑った。次の瞬間、叔母の電話から始まった、ドタバタ騒ぎの原因がさーっと理解できた。

(この人、ぼくと叔母さんがセックスしたと思い込んで、怒っているんだ!)

緋見子とは私生活でもパートナーだという林美峰は、つまり叔母の恋人というか愛人なわけだ。美峰は緋見子が玲央を呼びつけて強引にフェラチオしたことを、どうしてかは分からないが、知ってしまったのだろう。十七歳の玲央が叔母の部屋を訪ね、定期的にフェラチオしてもらっているのは、美峰の目から見れば〝浮気〟に見えるに違いない。

「ち、違います、誤解しないでくださいッ。セックスなんかしてませんッ！」

後ろ手に縛られたままの玲央は腰かけさせられているベッドの縁から飛び上がるようにして叫んだ。

この中国系美女は嫉妬ぶかそうだ。二つの目の奥に燃えている怒りが火炎放射器のようにギラギラと自分に注ぎかけられているような錯覚。実際、その気になったら二人とも殺されかねないというような気迫に、玲央は恐怖を覚えていた。

「おやおや、きみも緋見子のようにシラを切るつもりね？　本当のことを言わないと痛い思いをするよ」

冷ややかな微笑を浮かべながら、またパシパシッと玲央のほっぺたに軽い往復ビンタを食らわせてくる美女。

なにしろ彼女が身に着けているのは黒い半袖のレオタード一枚に黒い網タイツだけ。胸の谷間はくっきりと刻まれ、下腹部の丘はこんもり、ヒップは左右にパンと張り出し、充分に女らしい豊かさが満ちている肉体だけに、抵抗できないように縛られ、痛い思いをさせられている状況でなければ、玲央はビンビンに勃起しながらうっとりと眺めたことだろう。

「本当です！　叔母さんは更年期障害を直すためにぼくの精液を飲んでいるので、これはセックスのようなものじゃありません！」

林美峰は目を丸くして眉を吊りあげてみせた。

「どこの誰が、そんなバカなことを信じるというのッ！　精液みたいな汚らわしいものがクスリになるだなんて。それは緋見子がきみを誘惑する手段でしょう」

「知りませんよ、効くか効かないかなんて。でも叔母さんは精液を飲むだけで、ぼくも叔母さんも互いの体に手を触れてません。それじゃ近親相姦になってしまうじゃないですか」

玲央がそう答えると、口に布きれを押し込まれてしゃべることのできない状態の緋見子は、「そうだ、そのとおり」というふうに必死に首を縦に振ってみせた。彼女はショーツ一枚の裸にされて、両脚を開くようにして椅子にくくりつけられて、愛人の理不尽な行為に文字どおり手も足も出ない状態なのだ。

「ふん」

林美峰は鼻でせせら笑った。

「近親相姦だからってビビる緋見子だと思う？　この女は自分の娘とだって楽し

むような、とんでもない淫乱女なんだからッ。私が目を離すとすぐ……」

どうやらレズのパートナーとしての緋見子は浮気性のようだ。

「でも、ぼくは男ですよ！」

玲央は哀れっぽい声で訴えた。

「ふふん」

驚いたことに、美峰はまた鼻でせせら笑ったのだ。

「緋見子はね、男だってやりかねないヘンタイ女だよ。それに、きみは、あんまりオトコオトコしてないからね。女装させればけっこう見られる女になると思う。そういうところに目をつけたんだよ、このアバズレは！」

「ち、違いますって！」

玲央は目を吊りあげて怒りまくる年増美女の形相に恐怖を覚えた。

（どう言えば分かってくれるんだ？）

自分が叔母とセックスしていないという証拠が出せればいいのだが、そんな証拠なんてどこにもない。童貞は処女と違って外見では分からない。玲央は泣きたくなった。

「ようし、二人とも口裏を合わせて、あくまで私をたぶらかそうというわけね？

そっちがその気ならこっちも考えがある。なんとしても白状させてやるから」

林美峰は部屋を出ていったと思ったら、すぐに戻ってきた。手には二つの洗濯ばさみ。ピンク色した、どこにでもあるプラスチック製のものだ。

「玲央。叔母さんに言われたとおりに嘘をつき続けているんだろうけど、白状しなきゃ、その叔母さんがどういうことになるか、よく見るのね」

右手に一個の洗濯ばさみを手にした美峰は、自分のパートナーである熟女ダンサーに近づいていった。相変わらず氷のような微笑を頬に貼りつけて。

(えッ、何をする気だろう?)

いきなり洗濯ばさみが出てきて、玲央はあっけにとられた。そんなものをどう使うのか、すぐには推測できなかった。

「む、うー、ぐぐう、ふぐぐ……」

それとは対照的に猿ぐつわを嚙まされて椅子に縛りつけられている叔母のほうは、椅子ごと飛び上がるようにして驚愕と恐怖の表情を見せた。

猿ぐつわがなければ、たぶん、

「やめてよ、何する気？　あんた気でも違ったのッ!?」

そう叫んだのではないだろうか。

「ふふ、これをおまえが可愛がった坊やに使うと思った？　違うんだよね、緋見子、おまえがやられるんだよ」

今度はさらにギョッとした顔で緋見子の美貌が歪んだ。

その正面に歩みよった黒いレオタード一枚の同年輩の熟女は、後ろ手に縛られているのでまったく無防備な状態におかれている緋見子の、お椀のような半球状に盛り上がっている形のよい白いふくらみに手を伸ばし、お椀の頂点にポチンと飛び出しているバラ色の乳首をつまんだ。

「……！」

林美峰は冷然と、玲央の美しい叔母の乳首に、プラスチック製の洗濯ばさみをがっぷりと噛ませた。

「うぐーくううぐッ、ぐー！」

口の中の布きれを吹き飛ばしそうな勢いで苦痛の呻き、いや絶叫がほとばしった。猿ぐつわがなかったら、それは玲央の鼓膜を破るようなものだったろう。

それと同時にレオタード用の薄いアンダーショーツ一枚だけの均整のとれた若々しいヌードが、くくりつけられた椅子ごと飛びあがった。

「おっとっと」

あわてた美峰が手を伸ばして背もたれを支えなかったら、緋見子は椅子ごと床にひっくり返ったに違いない。

「なんてことするんだぁッ！」

玲央は激しい憤りに駆られて叫んだ。自分の乳首にそんなことをしたこともないし、されたこともないが、ぽってりして思わず吸いつきたくなる叔母の乳首に洗濯ばさみが嚙みついたら、どんな苦痛が待ち受けているか、想像するだけで身の毛がよだつ。

いや、彼の想像以上の苦痛なのかもしれない。激痛に顔を歪めた緋見子は狂ったように頭を上下左右に振り乱し、全身はみるみるうちに紅潮し、脂汗がねっとりと噴き出してきた。

「うー、うーううう、うッ、むがー」

翻訳すると、たぶん、

「何をするの、美峰！　痛いじゃないの。早く取って、痛くて死にそう！」

そんなふうに叫びまくっているに違いない。

「うふふ、どう？　叔母さんがこうやって苦しんでるのを見て。きみが本当のことを言わないと、いつまでも痛い思いを味わうんだから」

呆然としてなすすべを知らない――後ろ手に縛られているんだから、何も出来るわけがないのだが――玲央に向かって、美峰は楽しむような口調で言葉を浴びせた。

「ひ、ひどい、これは拷問じゃないかッ!?」

玲央が怒鳴ると、美峰は肩をすくめてみせた。

「あらあら、きみは何だと思ってたの？　まさしくこれは正真正銘の拷問よ。きみは痛くも痒くもないから、言いたくなきゃそれでよし。そのかわり緋見子が苦しむんだから。それでいいの？」

「いいわけないじゃないですか。早くとってやってください！」

「だったら、緋見子とセックスしたことを白状しなさい」

嫉妬に狂っている熟女はヒステリックにわめいて、執拗に玲央に自白を強要する。

「そんなムチャな……。やってないことをやったなんて言えません」

「だったら、こうしてやる」

もう一個の洗濯ばさみを緋見子のもう一方の乳首に嚙ませた。

「うがーッ！　ぐぐぎゃぐふうぐッ」

猿ぐつわの奥からまた絶叫が絞りだされた。

「バカ、なんてことをするんだ……。やめろよ！」

苦悶して暴れまくり、また椅子ごとひっくり返りそうになる叔母を見て、玲央はもうすっかり頭にきた。

「くそッ」

こうなれば実力行使しかない。幸い足は縛られていない。玲央は後ろ手に縛られた体で立ち上がり、目前に立ちはだかる美峰に突進した。

突き飛ばしておいて、口を使ってでも叔母の乳首から洗濯ばさみを取ってやろうと考えたのだ。

「う」

体当たりを食わせたとたん、玲央のほうが唸ってしまった。けっこうグラマーな肉体をもつ、玲央よりも背が高い熟女は、体力もそうとうにあるに違いない。ビクともしないどころか、軽く腕を振っただけで、華奢な体つきの玲央はふっとんでカーペットを敷き詰めた床に倒され、目を回してしまった。

「くそー……」

あまりの不甲斐なさに口惜し涙を浮かべて歯噛みする少年と、その叔母を交互に見比べた美峰は、少し考えこむ目つきになった。

「どうやら二人とも、本当のことを言ってるみたいねぇ……」

「最初からそうだって、言ってるでしょう！」

玲央の態度から、緋見子と彼は精液を飲む、飲まれるだけの関係だとようやく納得した様子の林美峰は、苦悶し続けるパートナーの乳首に噛みつかせた洗濯ばさみをようやく外してやった。

「うぐー」

やっと激痛から解放された緋見子は、キッとした目つきで美峰を睨みつけた。睨まれたほうは悪びれた様子など毛ほども見せない。

「怒るのは私のほうでしょ。疑われて当然のことをやってたんだから。誰がクスリがわりに甥っ子にフェラチオして精液を飲むなんて言葉を信じると思うのよ」

それからまた考えこむような顔つきになり、しきりに自分のパートナーの顔や首筋、乳房などをまさぐりだした。

「ふーむ、けっこう色艶が戻ってるじゃないの。あんたが言う『元気ドリンク』って、確かに効き目はあるようね……」

その目が床にひっくり返ったままの玲央に向けられた。彼はまた蛇に見入られた蛙のような気分にさせられた。

「そうか……緋見子に効き目があるのなら、私にだって効き目があるはずよね。自分だけ更年期障害から逃れて、その秘密をひとり占めにしようなんて、汚いわよ！」

らんらんと目を輝かせたかと思うと、妖艶な色香をまだぷんぷんと漂わせる中国系美女、林美峰は、無気味な笑いを浮べながら床に仰向けに倒れたままの少年に向かっていった。

「わ、わっ、何をするんですか……っ」

上からのしかかってきた熟女の手がジーンズのベルトにかかった時、玲央は必死になって逃れようとした。

ムダだった。相手は「宇宙舞踊」なるダンスで毎日体を鍛練している女性だ。ふつうにかかっていってもかなわないのに、後ろ手に縛られているのだから、逃げようにも逃げられない。

たちまちバックルを外されてしまう。

「緋見子が飲んでる元気ドリンクを、私も飲ませてもらうだけのことよ」

「そ、そんな……」

今度は自分が攻撃対象にされて、玲央はあわてふためいた。

叔母との場合は納得ずくで、その前にシャワーも使わせてもらった。心の準備があったからいいものの、今はいきなりだ。

「やめてください、おばさん！　ダメです」

「何がダメなの。緋見子によくて私にはダメだという理屈はないでしょう」

ジーンズが脱がされ、ブリーフにも手がかかった。

「そんな……、あああああ……」

ブリーフも引き下ろされて、下半身をまる出しにされ、玲央は真っ赤になってしまった。強い力で押さえつけられてるから、ジタバタしても逃れられない。

「おやまあ、こんなに縮こまってる。可愛いけどこれじゃ役にたたないわねえ」

「そ、そうです。役に立ちません。かんにんしてください」

「そうはいくか。緋見子には飲ませて私には飲ませないなんて、そんな不公平、許さないわよ……」

美峰は十七歳の少年の体に馬のりになると、やおら自分の着ている黒いレオタードの襟のところを摑むと、ぐいと引っ張った。

伸縮性のある布地だからまるい肩があらわになり、次いで豊かな乳房がぶるんと震えながら飛び出してきた。

「わっ、わわわ」

びっくりしている玲央の顔に二つのまるい、ゼリーのようにぷりぷりしてつきたての餅のようにムチムチした肉のかたまりが押しつけられた。

なんという銘柄かは知らないが、ともかく麝香《じゃこう》みたいな官能的な香水だかコロンの芳香と同時に、熟しきった豊満な女体の肌から立ち昇る、女そのものの匂いがまじりあった、玲央が生まれて初めて嗅ぐ刺激的な匂いが鼻をついた。

「む、うぐ……」

汗ばんだ感じの湿っぽい柔肌がスッポリと彼の顔を覆ってしまったので、息が出来ない。わずかな空間の空気を吸い込むと、それは林美峰の肉体から発散する、えも言われぬ芳香。玲央はまるで脳天をなぐられたような衝撃を受け、頭がクラクラして、思考力が痺れてしまった。

「さっ、オトコの子ならおっぱいが好きでしょ。きみなら吸ってもいいわよ……」

唇のところに野イチゴみたいな大きさの赤いものが押しつけられた。本能的に玲央はそれをくわえ、吸った。

「あう」

熟女が呻いた。呻きながら玲央の股間をまさぐり、彼の男性器官がムクムクと膨らんでくるのを確かめると、嬉しそうに叫んだ。

「そうよ、その調子でペニスを大きくしなさい！」

第六章　飲まれる日

縛られて抵抗できない状態でパンツまで脱がされ、情けないことこの上ないという状態なのに、玲央は自分より倍も年上の熟女、林美峰の乳房を吸わされて勃起させてしまった。素直といえば素直、元気といえば元気な十七歳のペニスである。

「なるほど、これはりっぱなペニスだこと！」

ピンク色の亀頭をきらめかせながら天を睨みつけるように聳え立った玲央の分身を眺める熟女の顔は、カナリアの入った籠の前にいる猫みたいになって、舌なめずりしはじめた。

レズだからペニスなんて見るのも嫌い、というわけではないらしい。確かに玲央の童貞のペニスは、若武者のように凛々しく初々しくすがすがしい感じの色と形状をしているのだが。

「だ、だめです、美峰さん……」

我に返った玲央は乳首から口を離して仰向けの状態でカーペットの上をジリジリと後退して逃げようとしたが、すぐに壁にゴツンと頭をぶつけてしまった。もう逃げられない。

「いただくわよ」

よつん這いになって彼の下腹部に顔を押し付けてきた中国系美女に肉根を摑まれて握り締められ、二度、三度としごき立てられると、包皮はいとも簡単に後退し、亀頭冠までがそっくり露出させられてしまった。

「おいしそう……」

パクリと咥えられたとき、玲央も諦めてしまった。

唇、舌、口腔粘膜の三者協力体制は、叔母の緋見子にヒケをとらないほど巧みで、しかも情熱的なものだった。

「う、あああ、うう、んー……」

しゃぶりたててくる美峰のなすがままにされる玲央は、バカみたいな呻き声をあげるだけ。たちまち湧きあがる快美な感覚に我を忘れそうな状態へと突入してゆく。

(だけど、もう二回も出しているんだぜ……)

今日は、ネットおかまと分かったチャット・セックスの相手、ともろぅ☆姫を相手に——といっても実際は自分の手を使っていたのだが——二度も放出してしまった。

美峰のフェラチオで果たして射精にまで到達できるだろうか。それが心配だった。

だが、十七歳の健康な若者にとってそんな心配は無用のものだった。年上の女性の濡れた唇、温かい唾液でいっぱいの口腔粘膜、そして独自の生命体のような舌、それらの一体となった刺激は彼をみるみるうちに天国にいるような気分にさせてしまった。

(やっぱり、実際にされるのは、チャット・セックスとは違う……)

完全に年上の女性のなすがままにされながら、もう傍にいて自分たちを凝視している叔母の緋見子のことも完全に忘れてしまった玲央だ——。

結局、十分もしないうちに、

「ああっ、ああ、ああうあー……!」

大声で叫んで腰をガクンガクンと突き上げ、熟女の口の中で激しくピストン運動させた玲央は、ドクドクドクッと三度目の射精を遂げてしまった。

「むー、うー……」

若者の体内から噴き上げられてきた液体を、待ってましたとばかり飲みほしてゆく林美峰。

んグんグんグ。

ゴクリ。

チュー。

美峰は、まるで子供がジュースを一滴余さずにストローで吸い取るみたいに、最後はペニスをしごき、睾丸をギューと揉み絞るようにして、強い力で尿道を吸った。玲央の体内に残っていた精液は、最後のひと雫まで彼女に飲みほされてしまった。

「ぷはー……」

ようやく玲央の股間から顔をあげた叔母の愛人は、顔をしかめて、

「まずい！　もう一杯！」

そう言ってから満足げな笑みを浮べて、やおら着ていた黒いレオタードと網タ

イツを脱ぎ捨て、全裸になると、黒い茂みをひけらかすかのように、玲央の体の上にのしかかってきたのだ。

「玲央くん、きみは体に似合わず立派なものを持ってるねぇ」

これで解放されるかと思った玲央は美峰が全然その気ではないと知って愕然とした。

「だめです、美峰さん。もう、出ません……」

泣きそうな顔になったところに白いムチムチの乳房が押しつけられ、また息ができなくなった。

「緋見子は何度も飲んでいるんでしょう？　不公平を解消するためには、同じ回数だけ飲ませなさいッ」

強引にもう一度勃起させようという魂胆なのだ。露骨に玲央の股間の萎えたものを握ったり揉んだりする。

（これじゃ殺されちまう）

林美峰の真剣さに、玲央は恐怖さえ覚えた。勃起させたら今度はセックスを要求されるかもしれない。

（助けて……）

確かに女性とのセックスには飢えているけれど、叔母の愛人である、レズの女性に、みじめな無抵抗状態で童貞を奪われたくなかった。

そのとき、今まで彼女も玲央もその存在を忘れていた緋見子が、いきなり縛られていた椅子から立ち上がった。

嫉妬に狂った愛人の手で、縄で椅子に縛りつけられていた彼女は、美峰が甥の精液に夢中になっている隙に必死で体を動かし、縄を緩め、体を自由にすることに成功していたのだ。

「やめなさいッ！　私の玲央を好きにさせないわよ」

全裸の美峰の豊満な臀部を、ショーツ一枚の緋見子が蹴飛ばした。

「ああっ！」

美峰はカーペットの上にでんぐり返った。しかしさすがに彼女も舞踊家だ。すばやい身のこなしで体を回転させ、すっくと立ち上がる。

「この淫乱メス猫！　自分の甥を弄んでおいて。ヘンタイ！」

「言ったな、許さないわよ」

「こっちだって」

体勢を立て直したすっぽだかの美女が低い姿勢で緋見子の腰にタックルする。

「うおッ」

ふいをつかれて仰向けに倒れる緋見子。その上に馬乗りになって頬に平手打ちをくらわす美峰は夜叉みたいな形相だ。

「もとはと言えば、あんたが私に内緒でひとりだけ若返ろうとしたからよっ！」

「そんなの私の勝手でしょ」

「このひとでなし！　私がどれだけあんたに貢いだと思うのッ。それをこんな若いツバメに夢中になって！」

もう完全な痴話げんかである。取っ組みあったまま床をごろごろ転げ回る熟女たちの眼中に玲央の姿はない。これ幸いとばかり、玲央は寝室を這い出した。

「ふーッ」

居間まで逃れて、後ろ手に縛られていた紐をようやくふりほどくことができた。背後からは金切り声の応酬。肉弾あいうつドシンバタンという音。どちらも前衛的な舞踊で鍛えた体だから、これはいい勝負のようだ。

（やれやれ、とんだところに呼び出されたもんだ……）

上はシャツ一枚、下はすっぽんぽんという格好では帰るにも帰れない。といってブリーフとズボンをとりに戻れるような状況ではない。

（参ったな。痴話げんかがおさまるまで待つしかない……）

どれだけ時間がかかるか分からないので、玲央はバスルームで体を洗うことにした。林美峰に押さえつけられてフェラチオ強姦（？）されてしまったせいで体がベタベタしている。熟女の匂いも全身にまつわりついている。

シャワーを浴びて出てくると、寝室は静かになっていた。

（けんかは終わったようだな……）

ホッとして寝室に入ろうとして、玲央は立ちすくんでしまった。

「わ」

さっきまでくんずほぐれつの肉弾戦を繰り拡げていた女二人は、別の戦いに突入していたのだ。

床に倒れこんだまましっかりと抱き合い、熱烈なキスを交わし、互いの裸身を愛撫するという、レズビアンの愛の戦い。

ちょうど美峰が、緋見子のショーツを脱がして全裸にするところだった。

「ちょ、ちょっと失礼します」

床に捨てられていた自分の衣類をかき集め、ほうほうの態で寝室を飛び出した玲央。その間、二人の女は玲央のほうなど見向きもしなかった。

夫婦や恋人同士がけんかした後、いつになく激烈に愛しあうことはよくあることで、緋見子と林美峰の二人も、それと同じ状態に突入してしまった。しかし、そういうことを知らない玲央はキツネにつままれたような感じがしないでもない。

(うーん、どうしてああなってしまうんだろう？　でも、あれが女同士の愛しかたか……。なんか、すごいものを見てしまった)

自転車をこいで自宅に帰った玲央はしばらくは自分の部屋でボーッとしていた。脳裏には叔母と愛人の抱き合う姿がしっかりと焼きついている。小麦色のひき締まった、少年のようなお尻をもつ叔母の緋見子。愛人の林美峰は白い餅肌にどこもかしこもプリプリ弾むような豊満な肉体。

(けっこう刺激的だったな……)

思い出しているうちに、三度目の放出を飲まれてしまったばかりだというのに、玲央の若い分身はまたムクムクと膨らみはじめた。三回ぐらいの射精ではこたえない若さなのである。

(まさか、四度も出せないよな)

そう思いつつ、ショーツを脱がされて全裸にされた叔母の丸い、くりんとしたようなお尻が脳裏に甦る。頭がクラクラするような林美峰の体臭も鼻腔に甦る。

吸い付いた乳首の固くなってコリコリした感触も思い出された。

（うわー、たまらん……）

思い出すことすべてが、これまで女性の肉体と縁のなかった童貞少年の欲望を煽りたてる。とうとう玲央はまたズボンを脱いで、ギンギンに屹立してしまったものをしごきたてていた。

――というわけで、その日、玲央はついに一日で四回の射精という、彼にしては新記録を樹立してしまったのである。

その直後、電話が鳴った。出ると叔母の緋見子だった。

「玲央？　さっきはごめんね。ちょっと行き違いがあって、とんでもない目に遭わせてしまって……」

あれから愛人の林美峰と愛しあって、両者の仲ももと通りになったのだろう、彼女の声は落ち着いている。

「それで実は……、その、美峰とも話しあったんだけれど、彼女もきみの元気ドリンクを飲みたいというの。断るとまたケンカになるから、飲ませてあげてくれない？」

「え、あの……、叔母さんとは別に？」

「そう。でもきみの童貞を奪われては私が困るから、彼女が飲むときは私が監視する。だからそっちのほうは心配ない」

心配ないも何も、美峰は玲央にとって赤の他人だからセックスしてもいいのだが、そうなると緋見子は困る。元気ドリンクの源泉は童貞に限ると言われているのだ。もちろん嫉妬もあるに違いない。美峰もまた、決して百パーセントの男嫌いというわけでもなさそうだから。

「し、しかし……」

「もちろん、最初はそういう話じゃなかったから、きみの負担も増えるわけよね。そこで美峰もきみに報酬を出す、と言ってるの」

「はあ、報酬ですか……」

ますます援助交際の少女たちと同じ境遇に落ちてゆくような気分。

三日後は土曜で、玲央は午後に叔母の家を訪ねた。緋見子の言う「元気ドリンク」を飲ませるというか飲まれる日だ。

居間に通されると、そこにむっちりした肉体を持つ中国系美女、叔母のビジネス上のパートナーでもあり、私生活でもパートナーである林美峰の姿があった。

緋見子は玲央をソファに座らせ、自分は甥の左側に座った。右側に美峰が座って、二人ともぴったりと体を寄せてくる。童貞の高校生は熟女二人にサンドイッチにされてしまった。

(うわ、クラクラする……!)

左右から対照的な肉体に挟まれて、それぞれの肌から匂う芳香を嗅いで、玲央はボーッとなってしまった。

二人は彼が来る前にレズビアンの愛情を交わしていたのだろうか、どちらも入浴したばかりという感じで、白いバスローブを纏っているのだ。

緋見子が婉然とした笑いを浮かべて玲央に言った。

「この前はきみを驚かせてしまったけれど、あの後で二人でいろいろ話しあった結果、私一人が玲央の元気ドリンクを飲むのは不公平だということになったの。美峰もこの前、玲央のを飲んだら、すごく調子がよくなったと言うのよ」

「あの、飲むのは一発ずつでいいんですね……?」

恐るおそる尋ねると、二人の女はどちらもきっぱりと首を横に振ってみせた。

「いえ、ひとりに二発、計四発」

「そ、それは……、自信ありません」

玲央のこれまでの記録は先日の一日四発だが、そうそう出来るものではない。

玲央が来られるのは部活の都合もあって、土曜ぐらいしか来られない。これまで二発分を飲んでいた緋見子にすれば同じ量だけは確保したいところだし、それは美峰も同じだろう。

「それでないと不公平になるのよー。どうしたって一発目より二発目が薄くなるのは避けられないでしょ？　だから一発目を私が飲んだら、二発目、三発目は美峰、そして私が四発目。これで二人とも同じ濃度のを飲む勘定になるんだから」

「あの……、そうは言っても、ぼくだって自動販売機じゃないんだから、ボタンを押したらピュッと出すというふうにはゆきません」

「きみは若いから、絶対大丈夫だって。私たちも技術の限りを尽くして連続発射させてあげる」

玲央は少し考えてみた。それからきっぱりと答えた。

「分かりました。でも、条件があります」

「お金の他に？　どんな？」

「それは、ぼくが叔母さんたちに一方的に飲まれるだけというのは、それはそれで不公平じゃないかという気がするんです。だったらぼくも叔母さんたちのを吸わせてほしい！」

「えーッ！？」

今度は二人の女が揃って驚きの声を張り上げる番だった。しかし林美峰のほうが立ち直りは早かった。

「吸うって、どこを吸うの？」

「えーと」

童貞少年は少し赤くなった。

「まず、おっぱいと、それとアソコです……」

緋見子が睨みつけた。

「玲央。きみは私の甥なのよ。甥が叔母さんにそういう要求するわけ？」

林美峰がケラケラ笑った。

「緋見子、自分で甥にフェラチオしておいて、おっぱいやアソコを吸わせてくれと言われて怒るのは、やはり理不尽よ。彼は別にセックスしてくれって言ってるわけじゃないんだから。そうでしょう？」

この年上の美女に流し目で見つめられると、玲央は背筋を透明な三本目の手で撫でられたような気がした。

「あ、はい、セックスなんてとんでもない。ぼくは童貞を守るつもりです。ぼくが愛せる女性が現れるまで」

叔母の妖艶な愛人はにっこり笑ってみせた。

「だったらかまわないわよ。私のおっぱいもアソコも吸わせてあげる。その方が早く回復して、きみも元気ドリンクをいっぱい出してくれるはず」

これで話はついたとばかり、美人熟女は立ち上がり、バスローブのベルトを解いた。前をはだけると、真っ白な肌に貼りつけたような、真っ黒な逆三角形がモロに玲央の目を射た。

バスローブの下、年上の女は真っ裸だった——。

(わっ!)

予期していなかった光景に童貞高校生の顎がパカンと落ちる。同時に股間の分身がギューンと自己主張し始め、

「う、あ、てて……!」

玲央は下腹を押さえて呻いた。

「すごいわねえ、この膨張率と反応のよさ。さっ、脱がせてあげる」

バスローブを脱ぎ捨て全裸になった美峰は、ソファに座っている少年の前に膝

をつき、ジーンズのベルトに手を伸ばした。あわてる緋見子。

「ちょ、ちょっと、美峰。ここで裸にしちゃう気？」

「かまわないでしょ、他に誰もいないんだし」

ブリーフごとジーンズを引き降ろして、玲央の下半身をまる出しにしながら中国系妖艶熟女は答えた。彼女の目は、ネズミを見つけた猫のようだ。

「それもいいか。フェラチオは寝室でやんなきゃという決まりはないわけだし……」

緋見子も納得して服を脱いだ。この前すでに全裸を見せているのだから、こだわりも失せたのだろう。下着をスパッと脱ぎ捨ててオールヌードになると、甥の上半身からシャツをむしり取ってしまう。玲央もたちまち真っ裸だ。

「さて、どちらが一発目の濃いやつを飲むか、決めなくちゃ」

玲央の、華奢な体格に似ず、逞しく雄々しく天を睨んで屹立している牡の器官を、舌なめずりして眺めている美峰が訊く。

「お先にどうぞ──とは言えないわ。やはり一発目は私が飲みたいもの」

「そりゃ私だって同じよ」

「じゃあ、ジャンケンで決めましょ」

全裸の少年のまん前で全裸の熟女二人が真剣な顔でジャンケンをした。林美峰が勝った。くやしそうな顔をする緋見子。

「やったね！　ではお先にいただきまーす」

いそいそと玲央のまん前に正座すると、揃えた膝に両手をかけてガバと左右に割り広げ、まるですぐに壊れてしまう貴重な宝物でもあるかのように、玲央の勃起しているペニスをうやうやしくささげ持った。

期待にうち震えているかのような肉の柱は、ふだんはピンク色の先端がすっかり剝けて、赤く充血した粘膜は透明な液を滲ませてテラテラと輝いている。それはスイッチを入れたらすぐにも点火して宙空高くへ飛翔しようとするロケットのようでもある。

「うわ、熱い。ドクンドクンいってる。元気ぃ」

林美峰は驚いて目を丸くしながら嬉しそうに叫んでみせる。玲央の目には大好物のキャンデーでももらった少女のように、その仕草が愛らしく映った。

「……」

片手で肉茎の根元を持ち、もう一方の手は興奮で張り詰めた睾丸を柔らかくくるみ、美峰は口を大きく開けて、まるで蛇が獲物をまるごと呑みこもうとする時のようにくわえこんだ。

「あう」

玲央は思わず、感激と驚嘆のこもった熱い吐息を洩らした。

レズビアンのはずなのに、どういうわけか林美峰のフェラチオは、玲央の理性をたちまち痺れさせてしまうほど上手だった。

温かい唾液いっぱいの口腔の中で、粘膜に包まれ、舌がからみつき、舐め回し、亀頭の先端部から亀頭冠のところまで、強く弱く、リズミカルな刺激を与えてくれる。

「ああ、うー、ううっ」

意識せず自然に腰を突き上げ、膨らみきったペニスは熱いピストンと化して柔らかく締めつけてくる唇の奥へ往復運動を始めてしまう。

「うーん、この調子じゃすぐイッちゃいそうね」

玲央の右側でソファに横座りになった緋見子が、恍惚とした表情で美峰にくわえこまれ、なすがままにされている甥を観察して呟いた。

「あんまり早く出させるのももったいないわ」

緋見子の性愛パートナーは、頬ばったものから口を離し、裏スジの部分に舌を

言わせ、ふくろをくるんだ掌に力をこめたりやわやわと揉んだりする。そのすべてが玲央には初めて味わう快感で、

(こんなに気持ちいいのなら、セックスなんかしなくてもいい)

そんな気になった。

もちろん玲央はまだ膣に挿入した経験はないのだが、あそこが唇で締めつけられたり、舌で舐め回されたり、熱い息を吹きつけられたり、多彩で能動的な刺激を与えてくれる口よりも快感を与えてくれるとは思えない。

「まったく、もう……。早く飲んでしまいなさいよ」

嫉妬しているのだろうか、緋見子の声がトゲを帯びている。本来は自分が独占していたはずのものを愛人と共有するというのは、やはり本意ではないのだろう。

ぴちゃぴちゃ、ちゅうちゅう。

舐めれば舐めるほど、吸えば吸うほど旨味の出てくるスルメか何かのように、頬ばっては舌を丹念に使い、

「ああ、うっ、ううっ……」

もう無我夢中で突き上げる玲央の腰の動きが早まると、肉茎の根元を強く掴んでパッと口を離してしまう。

「すぐにイカせてしまうのも可哀想でしょう。楽しませてあげなきゃ」

意地悪なのか親切なのか、ニンマリ笑いながら今度はふくろに舌を這わせてくる美峰。いささか頭にきた様子の緋見子はいまいましげに呟いた。

「レズのくせしてペニスのくわえ方が堂に入ってるのは、どういうわけなの？」

「あなたと違って、私は好き嫌いがない性格だから。ムキムキーって男くさいのは勘弁してよだけど、玲央くんぐらいだったら、食べてみたくなるのよねえ」

前回、あぶなく玲央の童貞を奪いそうになった熟女は、熱い肉の柱に頬ずりしてうっとりした表情を作ってみせた。

「玲央の童貞を食べたら、許さないからねッ」

ふくれっ面の緋見子は、いきなり甥の顔に自分の胸を押しつけていった。

「わ」

下腹部を席巻している快感に溺れきっていた玲央は、いきなり叔母の乳房が顔に押しつけられたのでびっくりして我に返った。

「はい、玲央。好きなだけ吸っていいわよ」

自分の右の乳房をむにゅう！　とばかり甥の口元へとあてがい、まるで赤ん坊に乳を飲ませる母親のような姿勢になった緋見子だ。

「あ、む、むむ……」

何か言おうとした唇にぼっちりしたバラ色の乳首が押し込まれてきた。ごく自然に、ちょうどおなかが空いた乳幼児のように、玲央は叔母の乳首に吸いつき、ちゅうちゅうと吸った。

「あうっ、はあーっ……」

今度は緋見子が熱い吐息を洩らす番だった。玲央の頭を抱え込んだ腕に力がこもり、甥の顔と叔母の胸がさらに密着する。

(わ、柔らかい……!)

無意識のうちに手をのばして叔母の左の乳房を摑んだ玲央は、マシュマロのようなふっくらした感触に驚嘆した。

宇宙舞踊なる流派を率いるダンサーの体は、どこをとっても豹のようにしなやかでひきしまった肉体を持っていて、熟れたメロンのような乳房を持つ美峰とは対照的に、少しも垂れてはおらず、みごとな椀型を保つ乳房を持っている。それは見ただけではパンパンに空気の詰まったゴムまりのような感触ではないかと思わせるのだが、触ってみると指は意外と深くめりこんでしまう。ちょうどつきたての餅といったところか。

(これが女の人のおっぱいか。うーん、感激!)

玲央は吸っているうちに勃起してきてコリコリという硬さになった乳首を吸い、時に噛むようにしながら叔母の胸から湧きたつ匂いを思いきり深く吸い込んだ。それは夏の海岸を思わせる太陽と潮の匂いがした。磯辺の、陽光を浴びた潮だまりの、あの懐かしい匂いだ。

(ぼくのママもこんな匂いがしたのだろうか)

そう思いながら、玲央は夢中で仮想の母乳を吸い続けた。

自分が一番手なのをいいことに、思うように玲央をじらしていた美峰は、緋見子がいきなり乳房を彼に与えて、自分も気持ちよさそうな顔になったのを見て、やおら競争心を煽りたてられたようだ。

「じゃあ、濃いのをそろそろいただこうかしら」

睾丸をくわえこんだり、会陰部に舌を這わせていたのが、再び、攻撃の狙いを凛々しい屹立へと定めた。玲央のペニスはまた中国系妖艶美女の口に吸い込まれくわえこまれ呑みこまれ吸いたてられ舌にからみつかれ唾液いっぱいの壺の中で洗われた。

「ああ、う」

快感がうねる波となって玲央に襲いかかってきた。思わず乳首から口を離して呻くと、緋見子は母親のような気持ちになったのか、情熱的に甥の頭を抱きしめてぐいぐいと乳房に押しつけてくる。息ができなくて窒息しそうなほどに。

その一方で、童貞少年の高ぶりきった欲望の器官は、激しいピストン運動によって美峰の喉の奥まで突いている。

美峰は少しも苦しさを感じていないように、緋見子以上に情熱的に玲央の腰を強く抱き寄せ、自分の頭を彼の腰の動きに合わせて往復運動させた。

ジュルジュル、ズズーッ。

唾液で濡れまみれたズキンズキンと脈動する肉のピストン。それがいやらしい摩擦音をたてながら締めつける唇の奥へと吸い込まれ、また後退して抜ける寸前まで姿を現わす。

(夢みたいだ)

叔母の柔らかい乳房に顔を埋め、乳首を吸わせてもらいながら、同時に勃起した欲望器官を叔母の愛人にフェラチオされている。そんな状態でかつて味わったことのない快感を得ている自分が信じられない。

快美な感覚が急激に高まってきた。美峰も少年が早くも耐えきれない限界に達しつつあるのを察知して、今度はまったく手加減、いや口加減せずに動きを早め、強めてゆく。

（ああッ、もう……ダメッ）

緋見子のふくよかな胸に顔を埋めたまま、玲央はすさまじい衝撃が腰椎を打ち砕くのを感じた。彼の体内に溜まっていた牡のエネルギーが決壊したダムから一気に迸る水のように体外へ、待ち受ける美峰の口へと迸ってゆく。その瞬間、玲央の頭は真っ白になり、体がバラバラになるような感じを覚えた。

「う、ううーッ」

堪え難い苦痛にのたうち悶える病人のように、玲央の華奢で白い体が痙攣した。四肢の先端までピンと突っ張らせながら、がくんがくんと腰を強く美峰の顔に打ちつけるようにして、苦悶する呻きを放った玲央は、気が遠くなった。それほど強い快感を味わい、その感覚に打ちのめされてしまったのだ。

ゴクゴク。

美峰は少年の体奥から湧き出て噴き上げたものを、最高に美味なものを味わうかのごとく貪欲に飲みほしてゆく。

チュウチュウ。

最後はストローで底に残ったカルピスを吸うかのように、ペニスを手でしごき、睾丸も強く揉みしだいて、最後の一滴まで残さずに吸いつくし、ようやく唇を離した。

「うーん、濃くて匂いもきつかった。これは効きそうだわ！」

嬉しさを顔いっぱいに溢れさせて、満足そうな吐息をつく林美峰。

「ふうー……」

甥に乳房を与え吸わせることで、緋見子もある種の満足を味わったようだ。上気した顔は美酒に酔ったようで、目もトロリと潤んでいる。しばらくの間は胸の谷間に玲央の顔を埋めこませたまま離そうとしない。

——ようやく三人の体が離れたのは、射精から数分してのことだった。

美峰の口に精気を全部吸い取られたようで、全身から力が抜けてしまってソファにぐったりと伸びてしまった玲央の足元に、今度は緋見子がひざまずいた。

第七章　薄く透明な液

「玲央、今度は私の番。二発目もたっぷり出さなきゃダメよ」

　叔母の緋見子は待ちかねたように美峰と位置を替わり、噴き上げたばかりの玲央のペニスを口に含む。

　ぴちゃぴちゅむにゅぐちゅ。

　舌をからめて熱心にしゃぶりたててきた。

（叔母さん、悪いけど、そんなにすぐには立たないよ。無理だよ……）

　そう思いながらも、抵抗するのも悪い気がして下半身を委ねた。すると、とりあえず一発目の濃いのを飲んで満足したはずの林美峰が、

「私のおっぱいも味わってごらん」

　そう言うなり、緋見子とは対照的な乳房を童貞少年の顔に押しつけてきた。

（うわ、すごい弾力……！）

緋見子よりも色白の肌だから盛り上がった乳房からは静脈が青く透けて見え、まるでゴムと大理石が合体したような、餅がプラスチック化したようなプリンプリンというよりボインボインというのが適切な感じの肉の隆起だ。

大きさもすごい。片手で摑んでも摑みきれない。両方の掌《てのひら》でくるんでちょうどよいというサイズなのだ。

「さ、吸うのよ」

玲央の頭の後ろに手をやって強引に乳首を彼の唇に押しつける。中国系熟女の汗ばんだ肌の匂いは緋見子のよりさらに濃厚で、麝香《じゃこう》のような芳香さえ含んでいるようだ。

（ああ、いい匂い！　赤ん坊はこんないい匂いを嗅ぎながらおっぱいを飲ませてもらっているんだな……）

叔母の愛人の大ぶりな乳首に吸いつきながら、玲央はしみじみ思ったことだ。とりあえず股間の器官は叔母の口に委ねて、自分はチュウチュウと乳首を吸う。それはちょうど良い硬さに膨らんで、確かに唇をつけて吸われるにちょうどいい。

（ううむ、いつまでもこうしていたい……）

ペニスは叔母の、温かい唾液たっぷりの口の中でなめらかな粘膜と少しざらついた舌にからまれて、それはともろぅ☆姫とのチャットの時に想像したのと同じだけれど、何倍も気持ちがいい。

「ふふ、こんな私でも母性愛っていうのがあるのかしら。玲央くんみたいな男の子におっぱいを吸われると、なんかジーンと来るものがあるわね」

美峰の声が心なしか潤んでかすれている。彼女も吸われることが気持ちいいのだろう。叔母が自分の器官の先端にしてくれるように、玲央もぷっくり膨らんだ乳首をただ吸うだけではなく唇で挟んでこねまわすようにしたり、先端を舌の先でつついたり周囲をなぞるように舐めたりした。

「うッ、ああ、はあッ……。玲央くん、その舌づかいはただものじゃないよ」

ついに美峰は喘ぎ声をあげ腰を揺するようにし始めた。どうやら乳首を吸われることで性的な興奮が高まってきたらしい。なんのことはない、玲央の舌の動きは緋見子の舌の動きを真似ているだけなのに。

(そうか……、自分がペニスにされて気持ちいいことは、女の人の乳首にしても気持ちいいんだ)

当たり前といえば当たり前のことを発見して、玲央は感激というか感動のようなものを覚えた。というのも、実際に自分の行為で女性が快感を得て喜んでいるのを見るのはこれが初めてだったから。

(えッ!?)

その時、自分の体に異変を感じて、玲央はびっくりした。彼の萎えかけたペニスが叔母の口の中で急速に膨らみだしたからだ。勢いよく射精したのに、そんなに早く回復するのは初めてだ。

(うわ、どうしてこんなに元気なんだろう? うーむ、やっぱり美峰さんのおっぱいのせいかな?)

快感はどんどん高まってゆく。何度も甥にフェラチオをしてやったせいか、それとも美峰のテクニックに競争心を煽られたのか、今日の緋見子はいつものように単純な動作ではない。頭の動き、舌の動き、唇の動き、息を吐きかけたり強く吸ったりする動き、それらの組み合わせが複雑になって、リズムも単調ではない。

(うう、気持ちいい……、夢みたいだ。こんなことがあっていいんだろうか?)

今、自分のペニスに情熱的なフェラチオをしてくれているのは実の叔母なのである。そして、熟しきったメロンのように美味な乳房を与えてくれる年上の女性はレズビアンで叔母の愛人。そして自分は、まだ女性とセックスしたことのない童貞の高校生。どう考えても、かなり奇妙な組み合わせではある。その三人が、まだ午後の陽光が差しこむ居間のソファの上で、まっぱだかで絡みあっているのだ。

（こんなこと、誰か——たとえば直人に告白したって、信用してもらえないだろうな……）

なぜか、かなり恍惚としてきたというのに、親友の塚原直人の顔なんかが脳裏に浮かんできた。といっても、それもアッという間に高まってくる快感の波に呑みこまれて消えてしまった。

「ああッ、あう、うう……ッ」

赤ん坊のようにしゃぶりついていた美峰の乳首から口を離して、玲央は呻いた。

「おやおや、玲央くんはもう回復して感じだしたようね……。やっぱり若いわぁ。うふふッ」

乳房を与えていた年上の女は嬉しそうに言う。

「……うぐ、くふぐ、うぐ」

勃起している甥のペニスをくわえこんでいる緋見子が何か応答して、さらに熱心に舌を動かし、激しく吸いたてる。同時に、これは美峰が用いていた技法を学んだというか盗んだようで、片手を睾丸や会陰部やもっと後ろの方へ伸ばして、撫でたり揉んだり指でつついたりしてくれる。そんなところは自分でオナニーをする時も触ったりしないものだが、これが実に気持ちいい。

そんな具合に、叔母の口や手の愛撫によって興奮を高められた玲央は、無意識のうちに腰を突きあげ、ピストンのように力強く、自分の高ぶりきった欲望の器官を叔母の喉の奥深くまで叩きこんでいた。

そしてついに二度目のダム決壊というか、噴火というか、彼の体の奥で爆発的なことが起きた。

「あう、叔母さん、もう……」

すすり泣くような声で訴え、体を痙攣させ、ふくよかな美峰の乳房をしっかり握りしめ、童貞高校生は裸身をのけぞらせた。腰骨のところに感電したようなショックが走り、

「うう——……ッ!」

まるで死にそうな大ケガをした者のように呻き、歯を食いしばり、手足の先まで突っ張らせた。その瞬間を待っていたかのように、緋見子はあの秘術を使った。

若者の睾丸から噴射されてくる精液が、まだ尿道口に達しないうちに、

チュ－ッ！

強く吸い込んだのだ。

「うわ、あああッ！」

文字通り、目のくらむような、魂がドロドロに溶けて吸い出されてゆくような、自分が自分でなくなるような、頭が真っ白になるような快感が襲いかかった。

ドクドクドクッ！

〇・八秒間隔で断続して噴射される白い液は、まるで電気掃除器に吸い込まれるように緋見子の口の中へ飛び込んでいった。彼女がそれを一滴余さず飲みほしたのは言うまでもない。

「ちょっと、緋見子ぉ。あんた、この子に何をしたの⁉」

連続して射精する場合、一発目より二発目は快感の量が減少するものだが、絶叫するようにして全身をうち揺すってからガックリと伸びてしまい、まるで意識を失なったみたいになってしまった玲央を見て、美峰は驚いた声をはりあげた。

「ふふッ、あなたでも知らなかったの？　バキューム・フェラを……」

「バキューム・フェラぁ？」

目を丸くする同性の愛人に、緋見子はテクニックを教えてやった。

「射精する寸前に、強く吸ってやるの。そうすると精液がいつもより早く勢いよく出てくるでしょ？　男はその感覚がたまらないというのよ」

「本当？」

　半信半疑の表情を見せる美峰。

「玲央の顔を見てごらんなさい。まだ夢見心地でしょ？」

「そうか。そんなテクニックがあったのかぁ。……でも、純正レズビアンのあんたが、どうして知ってるのよ？」

　美峰が睨む。レズ同士でも美峰は男性ともセックスするタイプ、緋見子はしないタイプのようだ。

「誤解しないでよ。うちの教室にはゲイの子も多いから、そういう話が耳に入ってくるの。本当かどうか、一番最初にドリンクした時に試してみたら、このとおり効いたのよ」

「でも、男がイク瞬間を判断するって難しいわよ」

「イク時は先っちょがぶわッと膨らむからすぐ分かるわ。それとふくろを軽く摑んでいると、キュキュッと収縮するような動きがするから、それでも判断できる」

「ふーん、それはいいこと聞いた。では四発目の時に試してみましょう」

ようやく意識がハッキリしてきたので玲央が目を開けると、真上から見下ろしている林美峰が舌なめずりするようにして笑っている。

(えー、これからまだ二発も？)

一難去ってまた一難——、いや、射精は快感だから「難」と言ってはいけないかもしれないけれど、さすがにたて続けに二発を発射したあとでは全身から力が抜けている。玲央ははたして自分が二人に二発ずつ〝元気ドリンク〟を飲ませられるか、自信を失なっていた。

美峰もさすがに、すぐ玲央の股間に攻撃をしかけようとはしなかった。

「じゃあ、少し休憩しましょう」

そう言ってくれたので、玲央はホッとした。

「はい、これ」

キッチンに行った緋見子が、褐色の液体の入ったコップを手渡してくれた。喉の渇きを覚えていた玲央はそれをコーラだと疑わずに思いきり飲みこんで見事にむせかえった。

「うげ！　げほげほッ！　な、なんですか、この苦いの？」

「本場もののガラナジュースに毒蛇の粉末を混ぜた精力剤だって。南米に行ってきた人からお土産にもらったの」

「そ、そんなもの飲ませないで下さいよう」

情けない声を出してしまった玲央。

「さて、どうやったら早く元気をとり戻させることが出来るかな……」

完全に萎えてしまった若者の股間に目をやりながら、美峰が考え込む。玲央は彼女に見つめられると、またしても蛇に睨まれたカエルのような気分になってしまう。

「玲央はたぶん、雑誌に出てるような若いピチピチした女の子が好きだから、そういうヌードを見れば興奮すると思う」

ひどい味のする毒蛇の粉末入りガラナジュースを自分も飲みながら、緋見子が言ってのけた。二人の女性は平気で素っ裸のまま動き回っている。舞台で見せる舞踊をやっているせいなのか、それとも女性というのはみな、密室にいるとそういう羞恥を感じなくなるのだろうか。

興奮が醒めてまともな思考能力が戻ってきた玲央は、なんとなく自分がオールヌードだというのが恥ずかしい。女性と違って男性は、股間に垂れている器官があるせいだろうか。

「そうか。だったら買ってきておくんだったわね。『週刊プレイボーイ』とか……」

「でも、そんなの癪でしょう？　若い女の助けを借りるみたいで……。私たちの魅力で元気にしてやれるはずだわ。こう見えてもそこいらのぶよぶよした女の子には負けない体なんだから」

緋見子が言うとパートナーの美峰も頷いた。

「そうね、熟女の底力を発揮してあげよう。そうだ、玲央くんが言ってたじゃない。おっぱいもアソコも吸わせてくれって。私たちの元気ジュースを吸わせたら元気になるんじゃない？」

「元気ジュース？　あ、ラブジュースのこと？」

「そう。本気になった時の緋見子のおつゆはけっこう甘いわよ。そんなまずいジュースより効くと思うな」

「ふむふむ……。で、私がこの子に飲ませるだけのラブジュースをどうやって生産するというの」

「そりゃ決まってるじゃないの」

「えーッ!?」

あまり動じない緋見子が目を丸くした。

「そんなに驚くことはないと思うよ。この子、こないだ私たちが仲直りで抱き合ってるところ、しっかり見てたんだから……。男はだいたい女がレズしてるところを見ると興奮するように出来てるの。玲央くんもそうでしょ?」

同意を求められて、ようやく美峰が何を言ってるのか分かった玲央は、赤くなった。確かにこの前、誤解した美峰が緋見子と猛烈なけんかをした後、ベッドの上で情熱的な抱擁、愛撫、キスを交わしているところを見たときは驚くと同時に激しい興奮を覚えたものだ。

「それじゃ、玲央くんを元気にするために二人でラブジュース生産行動をショーとしてお見せしようじゃないの。これはやはりベッドじゃないとね。玲央くん、きみシャワーを浴びてから、寝室に来て。いいものを見せてあげるから」

ニンマリと意味ありげな笑顔を見せて、二人の熟女は手をとりあうようにして緋見子の寝室へと入っていった。

(どうなってんの? 叔母さんの発想もヘンテコだけど、美峰さんも、それを上回っているなぁ)

浴室でシャワーを浴びながら、玲央は呆れていた。彼を元気にさせるためにラブジュースを飲ませる。そのために二人で愛しあって興奮を高め、秘部を濡らすというのだ。しかもその過程を第三者の自分に見せてくれるというのだ。

(あの二人、露出狂なのかな……)

そんなことを思いながら、バスタオルを腰に巻いただけの裸で寝室に入っていった玲央は、ドアを開けたとたん目に飛び込んできた光景に、バカみたいに口を開けて立ちすくんでしまった。

「うわ……!」

たぶん抱き合ってキスしたり、愛撫しあったりしているのだろうと予想していた。この前、そういった光景はちょっとだけ目撃したから。

そんな予想を打ち砕く、もっとすごい光景が展開されていた。

叔母の緋見子は全裸で、マットに白いシーツを敷き延べただけのベッドの上に仰向けに寝そべっていた。それも両手両脚を左右に広げた形で、つまり大の字になって仰臥していたのだ。

自発的にとった姿勢ではない。彼女の手首、足首には細い紐が巻きつき、それでベッドの四本の脚の部分に四肢がくくりつけられているのだ。

まるで手術を受ける患者のようだ。

いや、もっと言えばＳＭ映画やビデオに描かれる、責めや拷問を受ける人物のようだ。つい先日読んだＳＭポルノ小説にも、そっくり同じ責めのシーンがあった。その場面と同じように緋見子の口には白い布きれが押し込まれ、吐き出せないように紐でしっかりと猿ぐつわを嚙まされてしまっている。

もともと贅肉のまったくない、女豹のようにしなやかな肉体の持ち主である緋見子は、甥の玲央の目から見ても十歳は若く見えるのだが、そうやって固縛された状態でいると、さらに十歳も若く見えるから不思議だ。そうなると叔母というより姉に近い。

しかも、まっぱだかで両脚を割り裂かれているのだから、童貞の玲央にとって一番神聖で神秘的な部分がバカッという感じで広げられ、さっきまでは黒い秘毛に覆われていた地帯がまったく無防備にさらけだされている。

「……！」

当の緋見子は、ドアの所で凍りついたように立ちすくみ、自分の緊縛オールヌード、特に股間の部分に視線を釘づけにしてしまっている甥の姿を認め、さすがに頰を紅潮させて、少しでも腿を閉じあわせようとして無駄なあがきをしてみせた。

「こ、これは、ど、どういう、ことなんですか?」

　度肝を抜かれた様子の若者を見て、ベッドの傍に立つ緋見子の愛人、美しい中国系熟女はニンマリと笑ってみせた。白い豊満な肉体は、さっきまでの全裸ではなく、今は黒いスリップを纏っている。

　スリップなんて、オバサンが愛用する、あまり色気のある下着ではない——と、なんとなく思っていた玲央だが、ムチムチとよく熟れた肉に貼りつくような、レースの飾りがいっぱいついたゴージャスなスリップを着けた姿は、息を呑むほどに妖艶だった。

「見れば分かるでしょ? 早く言えばSMよ。まあ、遅く言っても同じことだけど」

「えーッ、叔母さんと美峰さんはSMプレイもやるんですかぁ?」

　林美峰はちょっと照れたような顔になった。

「私たち、ノーマルだからね、これまでは、そんなことやらなかったんだけど、こないだ、きみとの関係を誤解して、つい、カッとなって緋見子を拷問にかけたじゃない? そうしたらお互いに目覚めちゃったのよ。こうやって縛って、抵抗出来ない状態でいじめたりいじめられたりすると楽しいってことに」

目の玉が転がり落ちそうな状態の若者の反応を楽しみながら、美峰は愛人の乳房を鷲摑みにしてみせた。

「ぐー、くくうぐッ!」

押し込められた布きれの奥からくぐもった呻き声が洩れて、美貌を歪めた緋見子が大の字に縛られた裸身を悶えくねらせる。さぞかし痛いだろうと思って、玲央は思わず眉をしかめ、体をすくめてしまった。しかし、悶える叔母のヌードに、ふつうでは感じられない、ひどくドキドキさせる、息が苦しくなるようななにかがあった。

「そ、そんなことしたら、痛いじゃないですか……」

思わず玲央が制止したくなったほど美峰の、レズ・パートナーを痛めつける動作は荒々しく、玲央は、自分の乳房が——もちろん、そんなふくらみは彼にはないのだが——そうされるような錯覚に陥り、つい、身悶えしてしまった。

「そうよ、痛いわよ。女のおっぱいは、男のタマタマと同じぐらい敏感だから、握り潰されたら、それこそタマんないわね」

抵抗も出来ず逃げられもしない状態の緋見子の乳房を痛めつける美峰は、玲央がバスタオルの上から股間を押さえてしまうのを見て、プッと吹き出した。

「大丈夫よ。ちゃんと手加減しながらやってるんだから。それより、ベッドに上がって、きみの叔母さまのアソコを観察してごらん。単に痛いだけじゃないってことが分かるはず」

「あ、いいんですか……？」

促されて、玲央は叔母の開いた腿の間に上体を置くようにマットの上に腹ばいになった。叔母に同情しながら、やはり神秘の部分は見たい。我ながら現金なやつだと思いながら、顔を緋見子の下腹部の、黒い秘毛に覆われてふっくり盛り上がった、見るからに悩ましい丘のほうへと近づけた。

（うわ、これが叔母さんの……！）

さっきも彼女は全裸だったけれど、じっくり見られたのは乳房だけで、黒々としたヘアー地帯をよくよく眺めたわけではない。今は仰臥の姿勢で、しかも股を大きく広げている。まったく遮るものがなくて、しかも充分に明るい。

生まれて初めて、間近に見る女体の神秘だった。

インターネットを始めて、まだ一週間だけれど、他の若者たちと同様、玲央も金髪過激ヌード、あるいはファック画像に夢中になって、これまで何十枚、いや何百枚となく集めまくってしみじみと眺めてきた。しかし、やはり実物の迫力は違った。

(むむ、なんか複雑……)

女性器の外観は、大陰唇、小陰唇などというぐらいで、唇に擬せられる。

確かにコレクトした画像の中には唇にそっくりのアソコのものもあったが、今、童貞の高校生の目の前で何か独立した生き物のように息づいているそれは、とても簡単に〝下の口〟と片づけられるような代物ではなかった。

ゴワゴワした感じの、ちぢれの強い栗色がかった秘毛が周囲を覆っていて、草むらの奥に隠れて獲物を待ち伏せしている肉食獣のような感じのする、分厚い感じの肉の隆起と亀裂と二重に折り畳まれた感じのセピア色を呈した、なんというか、やはり唇としか言いようのない二枚の肉の花弁。

(といっても、こういう唇の持ち主は宇宙人ぐらいだろうなあ)

そんなことを思いながら、感心して眺めてしまう少年の、興奮して荒くなった鼻息が、たぶんそのあたりにかかったのだろう、羞恥心を刺激されたのか、緋見子は拘束された四肢をバタバタさせるように体を動かしはじめた。

「何を恥ずかしがってるの。可愛い甥っこに、ちゃんと実物で性教育してあげるのよ」

からかいつつ、一方の手で乳房を揉み潰しながら、もう一方の手を伸ばしてきて、恥丘の盛り上がりを同じようにぐいぐいと揉む。

「きみも触ってごらん。緋見子のここ、ザワザワいってるでしょ？」

「はあ、そういえば……」

おそるおそる叔母の秘毛を撫でてみて、掌に当たる感触を愉しんでしまう玲央。

確かに逆立っている感じだ。

「いつもはこんなに立っていないの。これは興奮しているからなのよ」

「え、そうなんですか？」

人間の髪の毛は恐怖でおッ立つが、女性の秘部の毛は興奮で逆立つのだという。

「今日は特に、男のコのきみに見られているということで、ひどく興奮しているんだよね。ほら、いい？　もう溢れてきているから」

もっと顔を近づけるようにと指図して、美峰の赤いマニキュアを施した指先が、二枚のぴったり合わさった唇状の肉の隆起を左右に広げた。

「お」

思わず驚きの声をまた洩らしてしまった玲央。まったく、生まれて初めて自動車のエンジンの内部を覗いたときもこんなふうだった。

そこには、ともろぅ☆姫がバイナリファイルで送ってくれた画像に映っていたのと、まったく同じ光景が展開していた。濡れてきらめくサーモンピンク色の粘膜。それはセピア色の外側とはまったく違った華やかなものだった。

「ふふ、ほら、もうこんなに濡れ濡れでしょう。すぐにきみが飲めるほど溢れてくるわよ」

美峰は満足そうに笑い、恥丘の麓、亀裂の先端部をいやらしく指でこねるようにした。そこにあるピンク色の真珠のようなものがクリトリスだということは玲央にも分かるが、それがこれほど可憐な感じのものだと初めて知った。

「女のここは千差万別、みんな色も形も違うけれど、同じなのは興奮するとラブジュースをよだれみたいに溢れさせること。ほらね、ここが膣口で、ここから出てくるでしょ」

童貞の少年が我を忘れて見とれているのを嬉しそうに見ながら、美峰は成人した女体の構造と仕組みを手際よく説明してゆく。

なんといっても実物が目の前にあって、いちいちその部分を指で広げたりつまんだり爪の先で突ついたりしながらの講義である。玲央が長いこと漠然と推測していた謎の器官の秘密は、たちどころに明らかにされてしまった。

それにしても驚いたのは、叔母の膣口から溢れ出てくるおびただしい量の愛液である。それはものの本に書かれていたように、ミルクを水で薄めた感じの白い色を呈しているが、しだいに薄く、透明に近くなってゆく。蜜というほどぬらぬら粘っこくはない。

匂いは——本能的に玲央は開いた粘膜の奥から立ち上る匂いを深く鼻で吸い込んで、

(これは……チーズだ)

やっぱりそう思った。少し酸味を帯びているところがヨーグルトを思わせないでもないが、いずれにしろ食欲を刺激する匂いだ。

「いい匂い……」

思わず呟いてクンクン鼻を鳴らすと、嬉しそうに美峰が頷いてみせた。

「そうでしょう？　緋見子は私の知ってる女の中でも一番いい匂いの女だもの」

「えー、ここもみんな違った匂いがするんですか？」

「そうよー。たぶん、粘膜の襞に住んでる発酵菌の種類だと思うけど、チーズの匂いとかスルメの匂いとか、まあ一人一人違うわね。あとで私のを嗅いでみれば違いは分かると思うけれど。もうこれだけビショビショ溢れてきたんだから、感じまくってるわねえ」

薄白い液体を指ですくってみせる年上の女。

「うー、ふー、はぐー、ぐぐ……」

猿ぐつわを噛まされている叔母は、しきりに荒い息というか呻き声をあげながら悶えている。それは乳房を責められているからではなくて、肉体の奥で強烈な興奮が湧き上がっているからなのだと、ようやく玲央にも分かってきた。愛液は会陰部を伝いお尻の谷間のほう、アヌスの窪みの部分まで濡らしている。いや、一部はシーツにしたたり落ちてシミを広げているのだ。

「女の人って、みんなこんなに濡れるんですか？」

玲央は信じられない思いで訊いた。

「それは人により、場合により違うわよ。緋見子はジュースが多いほうだけど、今日はまあ、ふだんの倍ぐらい濡れているよ。やっぱり縛られているということと、きみに見られているというせいね。人間、痛い思いをしたり、恥ずかしい思いをすると、どういうわけか興奮するのよね」

「それって変態じゃないですか」

叔母の魅惑的な匂いを嗅いでいる少年の額を、中国系の美女は指でトンと突ついた。

「きみもまだ修行が足りないねえ。といっても童貞くんに言っても無理か。人間というのは、決まったとおりに行動する生き物じゃないのよ。女なら誰でも男が欲しくなると思ってるけど、私や緋見子のように関心がないのもいるんだから。私たちからすれば、それがノーマルなの。若いうちから世間の常識に捉われて〝変態〟なんて言葉を軽々しく使っちゃダメよ。変態のほうがもっと気持ちいいことといっぱいしてるかもしれないんだから」

やにわに美峰は体を屈め、秘毛をかきわけると緋見子の秘密の唇に自分の唇を押しつけた。上の唇にするのと同じように情熱的なキスをしたのだ。

「む、うー、うぐぐ」

猿ぐつわを噛まされた叔母の裸身が反り返る。いやがっているのではない。敏感な部分を吸われ、舌で刺激をされて快感を味わっているのだ。それは腰を突き上げるような動きで分かる。

ぴちゃピチャ。

美峰は呆然として見守る若者の眼前で猫のように舌を鳴らして、愛人の体の奥から溢れてくる液体を舐め啜った。

(うわ、これがレズなのか……。うーん、信じられないけど、美しい。それに、か、感じる……)

美女が美女を愛する魅惑的な光景を眺めているうち、玲央の股間は再び、いや、三度目の膨張を始めたではないか。

——玲央が緋見子とその愛人から解放されたのは、もうとっぷりと日が暮れた頃だった。なんと六時間も女二人に交互にフェラチオされていたことになる。

もちろん、事前のとり決めどおり、彼は無事に四回の射精を遂げて、女たちを満足させたのだ。

「ただいま」

居間では、父親と弟が、もう食卓を挟んでいた。

「遅いではないか。なにをしてきたのだ、緋見子のところで」

家政婦が用意していった料理を前に晩酌をしていた父親の拝魔は、じろりと息子の顔を見て言った。

男やもめの書道家は、同じ芸術家であるのに妹の緋見子とはウマが合わない。

自分からは決して彼女に会おうとしない。どういう理由からなのか、玲央は知らない。玲央が彼女の家を訪ねるのを禁止したことはないから、憎んでいるとかそういう理由ではないことだけは確かだ。

「うん、インターネットのホームページを立ちあげたいというから、その、技術的な指導」

そう言ってごまかし、すぐに晩飯にむしゃぶりつく。さすがに四回も精気を吸い取られると、ひどく腹が減ってしまって、帰り道、自転車をこぐ力も入らなくなってきたぐらいだ。

(しかしまぁ、今日やってきたホントのことを親父には言えないよな……)

なぜか妻を失くして十年以上、再婚もせずにいる香野拝魔。謹厳実直を絵に描いたような人物だから、自分の息子が自分の妹にフェラチオされて精液を飲まれているなどと知ったら、卒倒するのではないかと心配になる。

(どっかのオヤジと援助交際をしてきたコギャルも、こんなふうに親をごまかしてるのかな)

やっぱり嘘をつく罪悪感を味わいながら、ぼんやりそんなことを考えた玲央だ。

(だってぼくは、セックスなんかしてないんだ。四回も射精したけれど、一度もあそこに入れたことがないんだから……)

そういう意味では、後ろめたさを感じることなどないのだ。援助交際のコギャルがやっていることは、早く言えば売春だが、自分がやってきたことは、叔母と林美峰の更年期障害を緩和させ、健康を増進させる、一種の医療行為なのである。

(しかし、あれが医療行為かな)

三度目の射精のあと、バテバテになった若者を震いたたせるために、緋見子と美峰は涙ぐましい努力をしてくれたのだ。その結果、無事、任務を果たすことが出来たのだが……。

(四回目に美峰さんが叔母さんにやったことを親父に言っても、信じないだろうなあ。女性がああやって相手を犯すなんて、知らなかった……)

二人の熟女と一緒にまっぱだかで六時間も一緒にからみあったり抱き合ったりしていて、それでもまだ童貞なのだ。父親はやはり信じてくれないだろう。

幸いなことに、父親の拝魔は、あまり息子たちのことに干渉しない。

緋見子同様、拝魔もまた書道塾の看板を掲げ、小学生から成人までに書道を教授している。教室は家から歩いて五分ほどの一軒家を借りている。

ワープロやパソコンで文字を書くのが全盛の時代、書道など衰退しているのではないかと思われがちだが、そういう時流だからこそか、書道は見直され、多くの人が書を学んでいる。実際、書道界はブームが続いているのだ。

今年五十歳になる拝魔は、午前中は自宅にいて、午後になると塾に行く。時には成人の生徒——勤め帰りのサラリーマンやOLなど——に教えるため、夕食後にまた塾へと行き、遅くに帰ってくることが多い。そんな時間まで教えているのではなく、授業が終わってからは自分の書を究めているためらしい。

拝魔は自分の仕事場に息子たちが近寄るのを好まないので、玲央も理央もめったに塾に行ったことはない。そこには拝魔に師事している青年——つまり弟子が一人、住み込んでいる。書家として名をなすまで、拝魔が塾の講師として雇い、給料を払っているらしい。その青年には何度か会ったことがあるが、たいそう柔和な顔立ちの、立ち居振る舞いも優雅な、歌舞伎役者を思わせる美青年であった。

「では、また塾に行ってくる」

食事を終えると、拝魔はまた家を出ていった。夕食を共にするということで息子たちとの最低限のコミュニケーションを保っていると思っているらしい。

食事を終えたあと、玲央は自分の部屋のベッドにぶっ倒れるようにして眠りこんでしまった——。

第八章　喪失の瞬間

毎週土曜、叔母の家を訪ね、そこで熟女二人の熱烈な歓迎を受け、さまざまな性的刺激を与えられながら精液を飲まれるという日々が続くようになった。

さすがに四回も飲まれると、その日はぐったりとしてしまうが、ひと晩寝て翌朝になると、もうすっかり回復して、ちゃんと元気に朝立ちしてしまう。

美峰は玲央に対する報酬として、一回につき一万円を払ってくれる。つまり二回飲めば二万円ということだ。もらった玲央は、自分名義の銀行口座にそれを貯めておくことにした。とりあえず、インターネットなどの通信関係にかかる金は緋見子が払ってくれる。

（これは一種のアルバイトだな。精液を出すという肉体労働についてのアルバイト）

玲央はそう割り切ることにした。

不思議なことに、あれ以来、ともろぅ☆姫の消息がぷっつりと途絶えた。

以前からCyber-Netを中心に活発に活躍していた女性ネットワーカーだったのに、玲央とチャット・セックスを楽しんでから、チャットにも会議室の書き込みにも姿を現わさないのだ。

(どうしたんだろう？　まさか直人が、彼女のことをネットおかまだと見破ったからだろうか？)

そんなことはあり得ない。向こうは直人が判定ソフトでチェックしたなど知らないのだ。それに、玲央だって直人の言うことを百パーセント信じているわけではない。ともろぅ☆姫なる人物に会ったことがないのだから、果たして判定ソフトのとおりネットおかまなのかどうか、確証がない。

(しかし気になる……)

生まれて初めてのチャット・セックスで素晴らしい快楽を味わわせてもらったせいか、玲央にとってともろぅ☆姫はどうも他人のような気がしない。ひょっとしたら、本人は自覚していないけれども、ともろぅ☆姫に恋してしまったのかもしれない。

Ｃｙｂｅｒ－Ｎｅｔのチャットルームに入るたび、玲央は聞き耳をたててみるのだが、ネットワーカーの出入りというのは活発で、昨日まで活発に発言するメンバーが、今日からぱったりと消息を断つことは珍しくないらしく、ともろぅ☆姫のことが話題にのぼることはなかった。

しかし、ある日のチャットで、女性の下着が話題にされた時、ともろぅ☆姫の名前があがった。

一人の会員が「そういうことはともろぅ☆姫に訊けば分かるよ」という発言をしたのだ。玲央はここぞとばかり質問してみた。

「そういえばともろぅ☆姫さん、最近、姿を見せないですね」

「そうだね、どうしたんだろう」

誰もが「そう言われてみれば……」と、彼女のことを思い出したようだ。

そのうち、別な会員が玲央にとって聞き逃せない情報を提供してくれた。

「たぶん、こんどの月館さんのオフには顔を出すんじゃないかな？」

「ああ、月館影一郎《つきだてえいいちろう》ね……。ともろぅ☆姫は彼の作品のモデルになったというぐらい親しくしてるから、オフだったら顔を出すだろうね」

――月館影一郎の名は玲央だって知ってる。

売れっ子のＳＭポルノ作家で、インターネット上で活発に活動している、まだ日本では数少ない〝電脳作家〟と呼ばれる種族の一人だ。

特に月館影一郎は、自分のホームページで無料で作品を公開しているので、玲央のような若者にはありがたい。

高校生ともなればポルノ小説なんかも読んでみたいが、書店で買うというのはなかなか勇気のいることだ。ところが、月館影一郎のホームページに行けば、無料で作品をダウンロードして読めるのだから、買うために恥ずかしい思いをする必要がない。しかも小遣いの少ない高校生なんかにはもってこいだ。そんなわけで、彼はネットワーク上で大勢の愛読者を獲得している。

Ｃｙｂｅｒ－Ｎｅｔの中では、個人が仲間を集めて情報を交換するプライベートの会議室『月館影一郎電脳談話室』というのを開催している。ここに行けば彼の新刊情報やさまざまなＳＭやポルノの情報が掲示されているし、愛読者の体験談などが報告されていて、興味のある人間には見逃せない場所になっている。

チャットにもしばしば彼の名や談話室のことが話題として持ちだされるので、玲央も彼にメールを出して、談話室のメンバーになっている。といっても、あまり熱心に参加しているわけではない。

なにしろＳＭマニアの中でも「濃い」メンバーが多い。まだ月館影一郎の電子本を数冊読んだだけで実践の経験もない——まあ、林美峰に縛られたことはあるけれども——玲央のような童貞高校生にはとても話題に参加できるものではない。

しかし、彼の電脳談話室に参加してみて、この世の中には同じセックスを楽しむにしても、いろいろな方法や手段があることが分かった。実際、緋見子と林美峰が縛ったり縛られたりして愛しあうことなど、この談話室の中ではまだ当たり前のセックスなのだ。

その月館影一郎がオフを開くという。

——オフというのは、オフライン・ミーティングの略。ネット用語でオフラインというのは「回線上ではなく実際に会う」という意味。つまりネットワーカーがどこか現実の場所に集まる行為をさす。ふつうは会食とかパーティのようなことだ。

月館談話室のメンバーだから、当然、玲央にだって参加資格はあるはずだ。まだ未成年の自分が「濃い」ＳＭマニアが集まるだろう成人たちの場に入り込むなど、ふつうなら考えもしないが、ともろぅ☆姫と会える可能性があるとすれば話は別だ。

玲央はあわててチャットを落ち、月館影一郎のプライベート会議室へと移動してみた。ここは特定の会員専用の会議室だから、入室する時に自分のIDとパスワードを打ち込まないと入れない。玲央が自分で考えたパスワードはローマ字で「OPPAI」というものだった。

これまでの発言をさかのぼって読んでゆくと、主宰者の月館影一郎自身が、やはりオフの告知をしていた。

《お待たせ！　ようやくヒマになったから恒例のオフをやります。＊月＊日＊時より、新宿の某所で。会費は人数にもよるけど五千円ぐらいかな。希望者は直接、ぼくにメールをください》

玲央はすぐに電子メールを書いて月館影一郎に送った。

《月館さん
レオです。今度のオフの件ですが、ぼくも参加したいと思っています。でも、ぼくは未成年の高校生なんです。ぼくのような者が参加したらまずいでしょうか？》

数時間後、月館影一郎から二通の返事が届いた。まず最初の一通を開いた。

《月館です。同報メールで失礼します。

オフ参加表明ありがとう。今度の電脳談話室オフの要項をお送りします。
●日時　＊月＊日午後7時～
●場所　メトロポリス・センチュリーホテル東京　スイートルーム
●会費　概算五千円（当日の参加者の数で変動あり）
BYO方式で場所代だけいただくことになります。各自、自分の好みの飲み物、食事を持参してください。正式な食事の用意はありませんから、空腹の方は食事をすませてからどうぞ。ドレスコードはありません。部屋番号は当日でないと分かりませんので、午後六時以降、次の携帯電話の番号におかけください。＊＊＊-＊＊＊-＊＊＊＊。では、当日お目にかかるのを楽しみに。》
どうやら多数の人間に一律、同じ文章を送る機能を使ったメールらしい。
二通目を開くと、これは玲央だけに宛てたものだった。
《レオくん。月館です。オフには談話室の会員であれば誰でも参加資格があります。未成年だからといって気にする必要はありません。ぼくのオフはBYO方式です。ブリング・ユア・オウンの略で、自分で自分の飲むもの、食べるものを持参する形のパーティね。だからお酒が飲めない人でも甘党でも、心配することはありません。もちろん、きみの行動はきみが責任を持つべきことで、ぼくや他の

メンバーが干渉することはありません。なんでも自由にやっていいんですよ。では、会場で会いましょう》

（へぇー、ＢＹＯ方式なんていうのがあるのか）

玲央は感心した。それだったら、高校生の自分でも成人メンバーと肩を並べられる。

問題は、オフの日時だった。それは一週間後の土曜日、すなわち緋見子と美峰に元気ドリンクを飲ませる、というか吸われる義務の日ではないか。

（いくらなんでも、その前に四発というのはきついよなあ）

昨日だって彼女の家から自転車で帰ってくるとき、どうもフラフラして危なかった。腰が安定しないのだ。

玲央は叔母に電話して、来週の土曜の予定を日曜に延ばしてもらった。

そして、待望のオフの日が来た――。

父親の拝魔には「パソコンクラブの研究会があるから」と、帰りが遅くなることを匂わせて家を出た玲央は、新宿に向かった。

メトロポリタン・センチュリーホテルは新宿新都心に聳えたつ高層ビルの一つで駅からは徒歩でも行ける。七時きっかりにホテルのロビーに入って、公衆電話から指示された携帯電話の番号をダイヤルすると、若い女性の声が応答した。

「はい、こちらは月館オフ会場です。合言葉をどーぞ」

つまりハンドルネームを訊かれているわけだ。

「もしもし、レオといいますけど」

「はいはい。会場は一四〇一号室。そろそろ始まるから急いで」

そう告げられてあわててエレベーターに飛び乗り十四階へ。期待と同時に不安も高まる。ホテルの内部が豪華絢爛としているので、こういう所に来なれていない玲央としては、気後れしてしまう。第一、着ているのはスポーツシャツにジーンズ、スタジャンにスニーカー。どこから見ても高校生だ。

幸いなことに時期が入学試験シーズンのせいで、受験生らしい若者がけっこう多い。それが救いだった。

指示された部屋は長い廊下の一番奥にあった。ドアの横のチャイムボタンを押すと、すぐにドアが内側から開けられた。

「いらっしゃい、レオくんね。どうぞー」

開けてくれたのはセーラー服を着た小柄な少女だったので、玲央は驚いた。

(こんな女子高生が、ＳＭマニアのオフに出てきていいの？)

彼の当惑を察したのか、少女はケラケラと笑った。

「きみ、私のことをホンモノの女子高生だったと思う？　私、シーラよ」

月館談話室でも活発に発言している女性メンバーだった。玲央も彼女の書き込みはよく目にしているから、その正体は三十二歳の人妻さんだということを知っている。

「えーっ、シーラさんなんですか、本当に？　うへー」

子供っぽさの残る顔立ちのせいで、どこから見てもホンモノの女子高生だ。

「今夜はコスプレ・パーティみたいになったのよ。女性軍はもうすごくノってる。さあ、入って、まずは月館さんに挨拶して」

シーラに導かれて会場の中央へと向かう。スイートルームのリビング部分は三、四十人ほども人間が入っていて、もうかなりの賑わいだ。特に女性はパーティドレスの他にバニースタイル、看護婦、セーラー服、ＰＶＣのボンデージルックなど、さまざまな衣装を纏って、みんなセクシィだ。初めてこういうオフに参加した童貞高校生はドギマギして、まるで雲の上をゆくような気分だ。

「月館さん、新人会員のレオくんです」

シーラがスーツ姿の中年男性をつかまえて、玲央を紹介してくれた。

（え、この人がＳＭポルノ作家……？）

玲央はちょっとびっくりした。もう少し太っていたら、ヘミングウェイに似ていなくもない、あご髯をはやした紳士だった。髪にも髯にも白いものが混じり、メガネをかけた容貌は知的で温和で、ちょっと見ただけでは学者のようだ。メガネの奥の目が鋭く光っているのを除けば、どうにも人のいい「おじさん」以外の何者でもない。

「初めまして。レオです」

玲央が挨拶すると、そうは見えないＳＭポルノ作家は息子のような若者の肩を抱くようにした。

「おお、ウチの談話室の童貞アイドル少年のおでましだな。よく来てくれたね」

あまり発言はしないが、童貞の高校生と自己紹介したので月館も他のメンバーも彼のことはよく覚えていてくれる。

「ちょうどよかった。これから乾杯をして始めるところだ。さあ、早く自分の飲み物を用意したまえ」

玲央はあわてて背負ってきたリュックから自分用のウーロン茶のボトル、紙コップをとりだした。

「では、皆さん、いつもぼくの電脳談話室を盛りたててくれてありがとう。オフラインで会えたことを祝って乾杯しましょう」

全員がそれぞれの飲み物の入ったグラスを掲げて、

「かんぱーい!」

唱和して飲みほした。BYOというだけあって、飲み物はビールからウーロン茶までいろいろだ。シャンパンをシャンパングラス持参で飲む優雅なパーティドレスの美女もいる。

月館は女性たちに囲まれて談笑し始めた。玲央は居場所を探して部屋の隅へと移動していった。すると、

「きみは酒を飲まないんだね。じゃあこっちに来ないか」

横のほうから声をかけられた。二人の男性がむしゃむしゃとたい焼きを食べている。

「ぼくはしめしめだ。これ、麻布十番のたい焼き。旨いぞ」

「あ、すみません、いただきます」

差し出されたたい焼きを食べながら周囲を見ると、みな、それぞれ、持参したものを分けあって、食べたりつまんだり、和気あいあいである。何よりみんなが

勝手にマイペースで飲み食いしているのがいい。

(なるほど、BYOというのは他人に強制することがないんだ)

それにしてもいろんな人物がいる。

ゴムのシャツにゴムのズボン、ゴム靴を着ている「ラバーラバー」という青年。顔じゅうにピアスをして腕は刺青だらけというインディアンの呪い師みたいな男性。聞けばピアスとタトゥーの有名な専門家だという。

「全身ピアスをしているからね、裸になると壮観だよ、あの人は。ペニスだけでも何本もピアスがぶら下がっている」

目を丸くしていると必ず誰かが教えてくれる。

「あそこで縄を持ち出してシーラさんを縛ってる怪しい二人組は?」

「髭さん、八郎さん。どちらも縄師ですよ。八郎さんはSM作家でもあるし」

女性たちはセーラー服や看護婦の白衣、チャイナドレス、アンナ×ラーズの制服……と、とっかえひっかえ、いろんなコスチュームを着てはしゃぎ回る。すごい熱気に玲央は圧倒されて隅っこのほうでボーッとしながらたい焼きをかじっていた。

するうち、

「遅れてごめんなさ～い」

一人の女性が駆け込んできた。スーッと月館影一郎のほうへと歩みよってゆく。

「おお、久しぶりだなあ」

まるで自分の娘でもあるかのように遅れてきた美女の肩を抱く中年の作家。

(可愛い！)

その女性をひと目見ただけで、玲央はボーッとしてしまった。黒いノースリーブの、つまりまるい肩を露出したミニのドレスに、黒い、肘までの手袋をはめ、すらりとした脚は網タイツに包まれている。年齢は二十歳前後、一見、遊びなれた女子大生という感じ。

「だ、誰ですか、あの人？」

たい焼き仲間のそばにいた「はじめ」という男性に尋ねてみた。

「彼女？　ああ、ともろぅ☆姫だよ。談話室のメンバーじゃないけど、Cyber-Netじゃ顔が広い子だから、月館さんとも親しいんだ。ほら、『週刊プレイタイム』に連載した『僕のどきどきサイバーネット』って作品は、ともろぅ☆姫をモデルにした〝わんだぁ★姫〟というのがヒロインなんだ……」

答を聞いて、玲央はがーんと頭を殴られたようなショックを覚えた。

「と、ともろぅ☆姫？　あの人が……!?」

自分が最初にＣｙｂｅｒ‐Ｎｅｔに入った日、チャットルームで彼を個室に誘い、魅惑的なチャット・セックスを味わわせてくれた謎の〝美女〟にようやく会えた。

（直人はネットおかまだと言ったのに……）

月館影一郎と親しげに話している彼女はどこから見ても若くピチピチした肉体を持つ、魅力的な女性だ。

何人もの男性メンバーがたちまち彼女の周りを囲む。

みな親しげに話しているところを見ると、確かにネット内の有名スターという感じだ。玲央は怒りさえ覚えた。

（直人のやつ、おれにとんでもないことを教えやがって……）

離れていても若い女のフェロモンが直撃してくるようで、ミニドレスを纏ったともろぅ☆姫を眺めながら、玲央はボーッとしていた。とても自分からノコノコと出ていき、話しかけられるような雰囲気ではない。

その時、異変が起きた。

ふと周囲を見渡したともろぅ☆姫が部屋の向こう端にいる玲央に目を留めたの

だ。飛び抜けて若いので興味をひいたのだろうか、傍の月館影一郎に、「あれは誰？」と聞いている様子。月館の答を聞いて目を丸くした彼女は、さっと部屋を横切って、玲央の目の前にやってきた。溢れるような笑みをいっぱいに浮かべて抱きついてきた。

「きみがレオくん？　私、ともろぅ☆姫よ！　覚えてる？　久しぶりね」

卵型の顔に大きな目、潤んだような瞳、長いまつ毛、ツンと上を向いたような愛らしい鼻、ふっくらとした紅色の唇、背中までかかる長い黒髪——。まるい白い肩をむき出しにしたノースリーブの黒い、キラキラ光るスパンコールをちりばめたミニ丈のパーティドレスを纏った肉体はすらりとしてしかも胸とヒップはほどよく張り出して、玲央に押しつけてくる肉体は弾力に満ちている。プンと匂う甘い髪の香り、肌の香り。それだけで童貞高校生の穿いているジーンズの股のところがパンパンになってしまった。

「あ、ど、どうも……。覚えてます。その節はお世話になりまして……」

まったくふいを突かれて、ついオタオタしてしまい、ペコペコと頭を下げてしまう。

「よかったぁ、覚えててくれて。あれ以来、もうチャットルームに姿を見せないから、嫌われたかと思ってたのよ……」

軽く睨むようにする。玲央は頭がクラクラしてしまった。膝がガクガクいい、舌もうまく回らない。

「いえあのその、そのようなことは絶対にありません。大変失礼しました。ちょっとこちらの都合で……。ともろぅ☆姫さんのことは忘れようにも忘れられないです」

「そうなの？　それならいいけど……。しかしキミは本当に高校生で童貞なんだってねぇ。私もあの時は半信半疑だったけれど、今なら信じられるわ。うふッ」

真っ赤になっている玲央の股間にわざとミニドレスからむきだしになった黒い網タイツを穿いた太腿をすりつけるようにするのだ。そしてハスキーな声で耳元に囁く。

「それにしてもＣｙｂｅｒ‐Ｎｅｔで一番怪しいと言われる月館さんのホームラウンジにもぐりこんでるなんて、隅に置けない童貞くんだこと。キミはヘンタイなの？」

「いいえ、そういうわけでは……。ただ月館さんの小説はやたらとんでもないことが起こってドキドキハラハラするでしょう？　試しにオンラインで読んでみたらファンになってしまって、それで入れてもらったんですよ」

「いいことよー。彼のオフは、特にいろんな人が集まるから、世界が広がるもの。まだ時間が早いからおとなしいけれど……」

「これでおとなしいんですか？」

周囲は縛られた裸の女が鞭で叩かれて悲鳴をあげていたり、逆にボンデージルックの女性がパンツ一枚の男性をよつん這いにさせて馬乗りになっていたりする。チャイナドレスの美女が全身ゴムの服に包まれた男性と抱き合って猛烈なキスをしている。顔じゅうピアスだらけの怪人（？）はひざの上に女性をうつ伏せに寝かせ、パンティを脱がせてまる出しのお尻をビシビシと平手で叩いている。その周りでは月館影一郎らがスパンキングについて技術的な批評を交わしているのだ。

「おとなしいのよ、これで」

そう言ったアダルトネット界の人気美女は、玲央の耳元に口を寄せて囁いた。

「レオくん、少し、私とつきあってくれない？」

玲央は思わず耳を疑った。どうして自分みたいな高校生を、モテモテ人気者のともろぅ☆姫が誘ってくるのだろう？

「はぁ？　あの、どういうことですか……？」

「パーティが盛り上がるのには時間があるから、それまで私のお部屋でお話ししたいと思って……。私、今夜は遅くなるからと思って、このホテルに部屋をとってあるの」

「そうなんですか……」

（なるほど、遊びなれた都会のギャルというのは、そういうふうにするのか……）

単純に感心してしまった玲央は、思わず頷いてしまった。まぁ、誰だってともろぅ☆姫のような魅力的なギャルに誘われては断れるものではない。

（ひょっとして、ともろぅ☆姫さんはぼくに興味を持ってるのかな？）

憧れの童貞喪失の瞬間が目前に迫っているのかもしれない。玲央の胸は急に激しくドキドキいいだした。

「大丈夫、このパーティはいつも朝までやってるんだから。さぁ」

ともろぅ☆姫は玲央の手をとるとすばやくスイートルームの外へと彼を連れだした。

彼女のとってあった部屋は数階下のツインベッドルームだった。そこに来るまでの間、ともろぅ☆姫はまるで長いこと交際している恋人でもあるかのように玲央の腕に自分のを絡ませ、体をぴったり押し付けていた。

玲央は、すれ違う男の誰もが、羨ましそうに自分を眺めているような気がした。露出度の高い華やかなパーティドレスを着たともろぅ☆姫は、とびきりセクシーに見える。男たちが羨ましがるのも無理はない。

部屋の中に入ると、ともろぅ☆姫はすぐに備えつけの冷蔵庫から缶ビールを取り出して二つのグラスに注ぎわけた。

「ねえ、乾杯しましょう。再会を祝って……」

「あの、ぼくはアルコールはあんまり……。さっきまでウーロン茶にたい焼きを食べてたぐらいで」

「少しぐらいならいいじゃない」

グラスを持たせるとカチンと合わせて自分のグラスに入ったビールをごくんごくんと飲む。見事な飲みっぷりだ。

(旨そうだ……)

玲央の喉は驚きと興奮でさっきからカラカラだ。よく冷えたビールの誘惑に負けて、口に流しこんだ。

「旨い！」

これまでビールなんか苦いばかりだと思っていたのだが、こんなに旨いものだと初めて知って驚いてしまった。まあ、喉が渇いている時というのは、冷たければなんでも旨く思えるものだ。

「もっとおいしいものをあげる」

玲央が一気に飲みほしたグラスをそっと取りあげてテーブルの上に置くと、真正面に立った若者の肩に両手をあてて押すようにした。

「う？」
二、三歩後退したら、そこはベッドの縁で、玲央はよろめき、ドシンとベッドに尻を落としてしまった。
「……」

そうやって年下の高校生を腰かける姿勢にさせて、セクシーな美女は妖しい笑みを浮かべたまま、彼の膝にまたがるようにして抱きついてきた。

「わ」

ぐいと体重を押しつけられて、気を呑まれている玲央の目の前に、ふっくらとした桃色の唇が迫ってきた。

「……！」

気がついた時は、彼の首と頭はしっかりとともろぅ☆姫の両手に抱えられて、唇に唇が押し付けられてきた。

「む」

まぁ、緋見子と林美峰の二人にさんざん挑発されて、キスもしまくられてしまった玲央だから、ファーストキスではなかったのだが、それはまったく甘美なものだった。

（うわ、やわらかい……）

強引に唇を奪いにきながら、いきなり舌をからめるのではなく、軽く唇を触れあわせ、左右にすり合わせるように動かす。それは信じられないほど心地よい感触だった。

目を閉じたともろぅ☆姫は完全に玲央の膝に馬乗りになって、さらに体重をかけながら唇をぴったりと押しつけてきた。

（もう……夢じゃないのか）

自分には高嶺の花としか思えない、愛らしくてチャーミングでセクシーな美女が、ホテルの部屋で二人きりになりたがり、自分から積極的にキスをねだってきた。ネット上のバーチャル・プレイならともかく、これは現実の空間で起きていることなのだ。

「む……！」

温かく濡れた舌が玲央の唇をこじあけるようにして滑りこんできた。玲央は夢中で自分も舌を動かして、ともろぅ☆姫の舌を迎えうった。二つの舌がからまりあうディープ・キスが始まった。

(甘い……！)

ともろぅ☆姫の唾液を味わいながら玲央は美酒に酔ったもののように陶然となった。まぁ、飲みつけないビールを一気飲みしたせいもあるのだろう。全身がカーッと熱くなり、魂は宙にふわふわと浮くような感じ。

二人は夢中になって互いの唇を吸い続け、同時に両手を動かして相手の体を撫で回した。

特にともろぅ☆姫の手の動きは慣れたもので、巧みに玲央のスタジャンを脱がせ、スポーツシャツの上から胸板や脇腹を撫でてくる。これがふつうの状況なら、玲央はくすぐったくて悶絶したに違いない。ところが今は、ものすごく気持ちがいい。玲央は母親に撫で回される赤ん坊のようにうっとりとしてしまった。

玲央の手はまず抱きしめた美女のしなやかな体を包むドレスから露出した部分──丸い肩や背中の上のほうをおずおずと撫でていった。

(すっごくなめらかー……！)

彼女も興奮しているのだろうか、少し汗ばんだような感じの肌は、しかし掌で撫でると張りがあってしかもすべすべとしている。若さのせいだろうか、叔母や林美峰のように指がめりこむような、爛熟した果実のような柔らかさではない。

若い娘がさらに強く玲央の唇を吸いながら体を押しつけてくると、ドレスの布地ごしに固く尖ったものが自分の胸に感じられ、

(あ、乳首が勃起してるんだ)

相手も確かに興奮していることが分かって、玲央は嬉しくなった。

(ここまできたら、もうセックスしかない。このひとなら童貞を捧げる相手としては理想的だ！)

若者は武者ぶるいさえ覚えて、きつく抱きしめると、胸のふくらみをドレスの上から触ってみた。ノースリーブのドレスだから下着は肩紐のないブラジャーだけらしい。コリコリとした突起が指の腹に感じられ、その瞬間、唇を少し離した

ともろぅ☆姫は、初めて主導権を譲るように、

「ああ……ン」

甘く呻くような喘ぐような、吐息のような熱い息を吐いた。玲央は彼女の胸を直接触れてみたい欲望に駆られた。

まるい肩からドレスの肩紐をそれぞれ左右に滑らせる。だが、それだけではすらりとした肢体にぴったりフィットしているドレスは下に落ちそうもない。

(そのためには……)

どうしたらいいのかと考えているとともろぅ☆姫が彼の手をとって背中へと導いた。

(あ、ここにホックが……。それとジッパーだ)

ホックを外して、ジッパーを引きおろす。美女の胴を締めつけていたワンピースドレスの胸の部分がふわりとたるみ、軽く触れるだけでストラップレスのブラに包まれた二つのふくらみが現われた。

ともろぅ☆姫は「焦らないで」というふうに優しく若者の唇や顎や頬や耳たぶに唇をなだめるように走らせながら、またもや彼の右手をとってブラの背中にあるホックに導く。

その構造を理解するのに少し時間がかかったが、ホックを外すことに成功すると、白い透明なナイロンのカップをもつブラジャーははらりと落ちた。

（ああ、きれいだ……）

照明に映える白い肌は抜けるように白く、二つの丘はちんまりとして、清楚な眺めだった。叔母の緋見子の乳房もさほど大きくはないが、ともろぅ☆姫の乳房はそれよりさらに小さい。といってもペチャパイでは決してない。ちょうど玲央の掌でくるめるぐらいではあるが、ちゃんとこんもりと盛り上がっているのだ。その頂点にある乳首はピンクがかった赤い色で、叔母たちのよりはさすがに娘らしい、清純な色彩を呈している。

（おいしそうだ）

乳首が美味な果実のように思えて、玲央は上半身を裸にした美女をカバーをかけたままのベッドの上に仰向けにすると、今度は自分が主導権をとるのだという固い決意のもとにおおいかぶさり、まず彼女の左の乳首に吸いついた。

チュウと音をたてて強く吸い、コリコリと勃起している乳首を歯で軽く噛むようにすると、

「う、あッ……、もっと吸って」

呻くような言葉を吐いたともろぅ☆姫は彼の体を強く抱きよせる。

(夢じゃないのか)

ベッドの上で抱きあい、促されるままにともろぅ☆姫の着ているものを脱がしながら、玲央は頬をつねってみたい衝動に駆られた。

ポルノ作家、月館影一郎の怪しいオフに参加したら、かつてチャット・セックスの相手をしてもらった謎の美人ネットワーカー、ともろぅ☆姫に誘われて、彼女の部屋へと来てしまった。

(今夜こそ童貞くんにサヨナラだ!)

玲央の心は初陣に向かう若武者のように奮いたつ。肉体だって股間はジーンズのジッパーを壊しそうなぐらいにふくらんでいる。

ともろぅ☆姫は、一方の手でジーンズの股間を突っ張らせているものの上から触れてきた。撫でてきた。圧迫してきた。

(ううっ、気持ちいい……!)

自分勝手に体がぶるぶると震えて、首や背中を撫でられる猫のようなゴロニャン状態になってしまう。背筋から尾てい骨まできゅーんという快感が電流のように走り、それが何往復もする感じなのだ。

「すごい、玲央くん……、こんなにボッキしてる。きつくて痛いでしょ？　姫ちゃんがラクにしてあげるね」

乳首を吸われて喘ぎながらも、うら若い美女は覆いかぶさってきた年下の若者のベルトをはずし、股間のジッパーを引き下ろした。おかげで玲央の分身にはだいぶ余裕ができた。

「うわー、熱いっ！　うわぁ、コチコチ！」

下着の上からふくらみを撫でさするともろぅ☆姫の嬉しそうな声が、ベージュ系の口紅を塗りこめた唇から飛び出した。

「あう」

ブリーフの前開きから滑りこんだしなやかな指が、彼のギンギンに怒張しきっている分身を握りしめると、ひんやりした感触がなんとも言えず、それだけでイッてしまいそうになり、玲央をあわてさせた。

「もうこんなにヌルヌルー」

男の急所を奇襲して主導権を取り返したうら若い美女は、さらに嬉しそうな声を童貞高校生の耳に吹き込みながら、青筋をたてるようにしてこわばりきったものを優しく撫であげ、柔らかく揉むようにした。玲央はもう、天にも昇るような心地よさだ。

気がついた時は、ジーンズもブリーフも脱がされていた。

「上も脱ごうよ」

スポーツシャツもアンダーシャツも脱がされて、たちまち真っ裸にされてしまった。一体どうやったのだろうかと不思議なぐらいスムーズな動作だった。

「暗くするわね。恥ずかしいから」

ひょいと手を伸ばしてサイドテーブルのスイッチを操作すると、部屋の照明はすべて消え、ベッドサイドのスモールランプの灰かな明かりだけになった。高層階から眺望する、都心のすばらしい夜景が窓いっぱいに広がる。

(うわ、ロマンチック! うーん、ぼくの童貞卒業にふさわしい舞台だ!)

ますますやる気まんまんの玲央。すでにドレスの上半身をはだけ、ストラップレスのブラを外されていたともろぅ☆姫は、すばやくドレスを脱いでしまうと、目にも留まらぬ素早さでベッドのシーツの間に体を滑りこませた。

ほんの短い瞬間だったけれど、彼女の着けているのは黒いショーツ、そしてくびれた腰を締めつけているガーターベルトだと分かった。網タイツだと思ったのは腿までの長さのストッキングで、ガーターベルトでそれを吊っていたのだ。

「あー」

くりんと丸いお尻を包むショーツはフルバックでハイレグ。素材は肌の透けるような薄い合成繊維で、レースの飾りのついた、伸縮性に富んだ布が滑らかな肌にぴったりと貼りついたようになっている。その超セクシィな眺めに嘆声をあげた時、半裸のギャルはシーツで胸までを覆っていた。

「もっと見たかった、姫さんの下着姿……」

すばやく全裸の体を彼女の隣に潜りこませながら、玲央は言った。熱く火照る素肌に、糊のよくきいたシーツの冷たさが心地よい。

「それは、後でたっぷり見せてあげるわ。それより……」

覆いかぶさってきた若者の股間にいきりたっている分身を手で柔らかく握りしめ、そのズキンズキンと逞しく躍動している感触を楽しむようにして、ともろぅ☆姫は熱っぽく囁いた。

「吸わせてほしいの。私、童貞の男の子のペニスが大好きなのよ。ピンク色して清々しくて凛々しい、まだ女の体の汚れを知らないペニスが。ね？」

玲央が答える前に、自分が眺めおろしていた彼女の顔が消えた。魔法でも使ったかのように、ともろぅ☆姫は一挙動で自分の顔を玲央の下腹部まで、体ごと滑らせてしまったのだ。

次の瞬間、手と膝で体を支えている玲央の腰は、彼女の腕に抱えこまれるようにして前へと押しやられた。玲央はベッドのヘッドボードに手をついて上体を支えるような膝立ちの姿勢をとらされてしまった。つまりともろぅ☆姫の美貌の真上に跨がるような姿勢である。

「わッ」

次の瞬間、ギンギンになっている勃起器官は、濡れて熱いものにパクリとくわえこまれてしまった。

「うおお」

バカみたいに唸るしかなかった。

これまでさんざんしゃぶり抜かれた叔母の緋見子、その愛人の林美峰のとも違う、口腔粘膜と舌と歯と歯茎と唇の共同作戦による攻撃が襲いかかってきた。

チロッと舌で突つかれ、ペロリと舐めまわされ、その舌が裏スジの部分をツーと這い下りてくる。コチコチのペニスの根元は優しく手で支えられ、パンパンにはちきれそうな睾丸もまた、温かい掌でくるまれて優しく揉まれている。

玲央の分身はすぐに、口腔粘膜という壺にすっぽりと収められ、根元まで唾液にひたされた。唇がいきりたつ肉の柱をはさみこみ、チュウと音をたてて亀頭が吸われると、そこから魂が吸い出されるような甘美な快感が全身に爆発的にひろがった。

（ああ、気持ち、いい……ッ）

「うーうー」と唸ったり「うおお」と叫びながら、腰をくねらせるように悶えてしまった玲央。彼の頭は絶妙のフェラチオのテクニックによって、たちまち真っ白になってしまった。

童貞とはいえ、緋見子と林美峰にバキューム・フェラの洗礼を受け、二人に二回ずつ、たて続けに四回も続けざまに若い牡の白いエキスを飲まれたという実績（？）もある玲央なのだ。それが瞬時にして腰のとろけるような快美感覚に何もかも忘れてしまったのだから、ともろぅ☆姫の男性を喜ばせるテクニックというのは緋見子たちを上回っている。まぁ、緋見子も美峰もレズビアンだから、ともろぅ☆姫にかなわないというのも無理からぬことではあるが……。

それでも、

（出かける前に体を洗ってきて、よかった……）

痺れてゆく理性の、かろうじて残っている領域でそんなことを思っていた玲央だった。予感がしたというより、何が起きても困らないよう、入浴していていねいに体を清め、下着も清潔なものにとり変えてきたから、いきなりともろぅ☆姫の濃厚なフェラチオ攻撃にもたじろがないですんだわけだ。

しかし、玲央を驚嘆させるテクニックはまだまだ手始めの段階だったのだ。

自分の顔の上に全裸の童貞高校生を跨がらせて、そのペニスをくわえこんでくれた超セクシーギャルは、たっぷり舐めしゃぶってから、スポンと音をたてるようにして口から外した。と同時にさらに顔をベッドの足のほうに移動させていった。指が玲央の尻たぶを割れ目のところで左右にひろげた。

「う？　そ、そんな……！」

まさかそこまでは攻撃してこないだろう——と思っていた、お尻の谷間の奥の部分に、あろうことかあるまいことか、ともろぅ☆姫は顔を埋めるようにして押しつけてきたのだ。

「ひーッ！」

舌がペロリとアヌスホールの周囲を舐め回した。その感触というのは、生まれて初めて亀頭を舐められた時の感覚を数百倍も増幅したような感じだった。文字通り、玲央の体はベッドの上で垂直にはねあがった。

「だめよう、ジッとしてなきゃ。気持ちよくしてあげるんだからぁ」

体の下、いや、お尻の下からともろぅ☆姫がたしなめるような口調で動かないようにと言う。

「で、でも、姫さん……、そこは」

「アヌスよ。私、男性のここにキスするのが好き。感じる部分だからねー」

ふざけるように言い、モロに排泄のためにある孔の中心に唇を押し付け、音をたてて熱烈にキスしてくれたともろぅ☆姫だ。

「うおお、お……っ！」

さすがの緋見子もそこまでは過激に舌を使ってはくれなかった。

文字通り生まれて初めてその部分を舐められ吸われ、さらに熱い息をふーッと吐きかけられ、ヘッドボードについた手で体を支え、膝で立っている若者の裸身は打ち上げが失敗したロケットのように上下にがくがく跳ね躍ってしまう。

「ねー、気持ちいいでしょ？　感じる？」

「うおお、はい、感じます……うッ。でも、こいつは強烈……ぅああ。だ、だけどぉ、き、汚いですよお」

「全然汚くないわよ。玲央くん、感心にシャワー浴びてきたんでしょ。石鹸の匂いしかしないから、平気平気」

ともろぅ☆姫は揺れ動く若者のヒップを抱え込み、尻たぶをいっぱいに広げて、いまや完全に降伏して、どこでも好きなように占領してください状態になっているアナル・ゾーンに対して、徹底的なピチャピチュピチョベロベログリグリ舐め回し攻撃を敢行し始めた。

「くーッ、う、くくッ、くくく、あぐうく……！」

言葉にならない、文字にもできない。

悲鳴とも呻きとも叫びともつかない声を放ちながら美女の顔の上に跨がりつつ体を上下させて身悶える玲央。若い肌からはたちまち脂汗がびっしょりと噴きでて、玉のような汗の滴がダラダラと流れ落ちる。それはもう、女が男に与える前戯というより、甘美な拷問といったほうが近い行為だった。

「ひ、ひ、姫さん……ッ、うあああ、ヘンになりそう。うおー、きくぅッ」

愛らしくセクシーな美女になら、体のどこを舐められてもキスされても気持ちはよいだろうが、絶対に予想していなかった部分に与えられる情熱的な接吻と舐め回しの刺激は、まだ童貞の若者の理性をまったく狂わせてしまうほど強烈なものだった。

しかも、ともろぅ☆姫の片手は下腹にくっつくぐらいの角度で勃起している肉根をときどき摑み、軽くしごきたてるようにする。

果ててしまいそうな境界線スレスレのところで、猫が捕らえたネズミをいたぶるのにも似て、唇、舌、指を使って玲央の弱点を攻めたてるのだ。

「姫さん、も、もう、かんにんして」

玲央はとうとう泣き声で屈服宣言してしまった。これ以上、この部分を責められたら、頭がどうにかなってしまいそうだ。

「じゃあ、一度、イカせてあげる。私の口の中で思いきりイッて、ね？」

甘ったるいハスキーな声で顔の上に跨がっている若者に告げ、ともろぅ☆姫は後ろの敏感な地帯から再び、玲央の凛々しい欲望器官へと攻撃を開始した。

パク。

ングぐ。

くちゅくちゅくちゅ。

スパ。シュポ。

ちゅうーッ。

勃起の限界にまで達している玲央の器官を先端から根元まで、さらにはふくろの裏側までくわえこむようにして舌技の限りを尽くしてくれるともろぅ☆姫。

「ああ、姫さん、……もう、ダメ。イキますうっ、うおお」

ヘッドボードにしがみつきながら、玲央は背を反らせた。

若い肉体の深いところで爆発が起きた。白い爆発だ。

「うわーッ！」

大声で叫んだ。腰骨のあたりに殴られたような衝撃が走り、頭の中に火花が飛んで、まるでロケットで打ち上げられたような体が浮く感覚。まるで噴射する精液の反動が体を飛翔させたような。

その瞬間、ともろぅ☆姫は片手で玲央の噴射のための器官の根元を支え、深く呑みこんでいた先端部を強く吸った。

チューーッ！

ドクドクッと噴射される若者の白いエキスは、猛烈なスピードで口腔へと吸い込まれた。

「死ぬぅ」

思わず玲央は叫んでいた。

魂ばかりでなく、ともろぅ☆姫の口にくわえこまれた部分の肉体がそのまま溶かされて液体になり、それが吸い込まれてゆくような、錯覚による恐怖を伴った激烈な射精感覚。

ドクドクドクッ!

ふだんの倍も三倍もの量が放射されたような気がした。

「うああ、あああ……」

戦場で致命傷を受けて倒れた若武者のように、汗みずくの玲央の体に何度も痙攣が走った。

「……」

嬉しそうな顔をして童貞高校生の体内から放出される精液を、ペニスを牛の乳首でもあるかのように絞りたて揉みたてしごきたてながら、一滴も余さずに飲み干してゆくともろぅ☆姫。

(女神さまだ、この人……)

薄れゆく意識の中で玲央はそんなことを思った——。

第九章　狭き関門

「ふうふう、はあはあ」

完全にのびてしまった十七歳の少年を見下ろし、ともろぅ☆姫はミルクをたっぷり飲んで満腹した猫のように満ち足りた顔だ。ベッドをおりるとバスルームからタオルをとってきて、玲央の汗まみれの顔や胸を拭い、さらに股間も丁寧に清めてくれた。

「ありがとう、姫さん。あんまり気持ちよくて気が遠くなってしまった。こんなの初めてだよ」

玲央が感謝の言葉を述べると、少し年上の若い娘はにっこりと笑った。こぼれるような笑みだ。

「喜んでもらえて嬉しい～。レオくんは豪快にイク子ねぇ。イカせがいがあるわ」

ようやく正気に返った玲央は、下からともろぅ☆姫のしなやかな裸身を抱きすくめるようにした。下向きになると、重力のおかげで、少し小さめなのがちょうどいい大きさになる乳房の、乳首に吸いついた。彼女は玲央に覆いかぶさる姿勢だったから、ちょうど目の上に乳首があって、それは吸ってもらうためにあるものだから当然だが、やはり吸いつきたくなる衝動を引き起こすのだ。

「あ」

玲央が唇でくわえた椿色した乳首はちゅうちゅう吸いながら軽く歯で噛むようにしたりすると、たちまちのうちに硬くしこり始めた。

(ぼくのペニスより敏感だな)

感心し、また嬉しくなる。そうすると、もっと喜ばせてやりたくなる。そこで乳房から始めてすべすべした肌を撫でたり、揉むようにしたりして愛撫を始めた。

「う」

「くく……ッ」

「はあー、う、……ンッ」

乳首を吸われ、揉まれると、ともろぅ☆姫の口からは悩ましい声が、熱い呻きが洩れる。気持ちよさそうに目が半分ぐらい閉じられて瞳はトロンとなってしまう。パンティを着けた腰がくねる。

彼女は上半身は裸だが、下半身は黒いパンティ、ガーターベルト、メッシュのストッキングをまだ着けている。その下半身は、いまシーツの下だ。魅力的な下着姿を、ともろぅ☆姫はなぜか見せたがらない。これまでもチラッと見えただけだ。

仰向けになっている全裸の玲央の上に、両手、両膝をついて覆いかぶさる体勢のともろぅ☆姫の、下半身へと玲央の手が伸びてゆくのは、これは必然的な動きだ。

しかし、彼女は意外な反応を示した。

玲央がガーターベルトが締めつけている細くくびれた胴のあたりを触れると、

「……」

セクシーな美女は、ちょっとビクンと体を震わせ、体を硬くしたのだ。

玲央はハッと思いあたった。

「姫さん、ひょっとして生理なんですか？」

それを聞いて、ともろぅ☆姫の顔に笑いが浮かんだ。

「あ、ヘンな誤解を招いたかな。ちがうの。実は、ちょっとわけがあって……。ね、お願いがあるんだけど」

「え、どんな」

「いいものを見せてあげるから、少しの間、目隠しさせてほしいんだけど」

「え、目隠し？　なんかゲームをするの？」

「ゲーム……。そうねえ、確かにゲームかもしれない」

怪訝な表情の玲央がともかく頷くと、ともろぅ☆姫は枕元のテーブルの抽斗を開けた。そこには黒い、スカーフのような布が入っていた。最初から使うことを考えて用意しておいたらしい。ついでにコンドームの包装も見えた。

「はい、顔をこっちに向けて……」

布を帯状に折り畳んで、素早く顔の上半分を覆うように目隠しをしてしまった。玲央の視界は真っ黒になり何も見えなくなった。

「そのままでじっと五秒待っててね」

素早い身のこなしでベッドを飛びおりた若い娘。物音からドアのところにあるクローゼット――洋服をかける押し入れのところに行き、その引き戸を開けたらしい。

（ん？　何か着替えるのかな？）

すぐに戻ってきた気配。

「はい、いいわよ、目隠しをとって」

声をかけられて、玲央は黒い布を顔面から毟りとった。

「うわ」

玲央は息を呑んだ。

部屋の照明は調光器によって落とされ、薄闇に近い。その闇の中に、均整のとれた肢体が、黒いパンティとガーターベルト、そして網のストッキングを着けて、のびやかに目の前に立っている。

（すごい……！）

玲央は息を呑んだ。

ともろぅ☆姫は、腰に手を当てて、ベッドの上で呆然として、まだ自分の目を疑っているような真っ裸の高校生を見つめた。囁くような甘い声で言う。

「見て。これが私」

小さめだが椀型に突き出して形のよい乳房、くびれた腰、平たい腹部、すらりと伸びた脚線。肩だって丸いし、どこを見ても魅力的な、娘ざかりの美しさで輝いている。

黒いレースのパンティに覆われている股間は、悩ましい丘を盛りあげ、秘毛が透けて見える。

「……」

美しい娘は、挑むような視線を玲央に向けながら、両手でパンティの腰ゴムを摑むと、ひょいと身を屈め、するりと黒いレースを脱ぎ、足首から引き抜いてポイとほおり投げた。黒い逆三角形の茂みの奥に赤い、唇にそっくりの器官が見えた。叔母の緋見子やレズ愛人の林美峰で見慣れた、女だけが持つ性愛器官。

「欲しい？」

指でピンク色の濡れきらめく粘膜まで広げて見せ、甘い囁き声で玲央を挑発するともろぅ☆姫。

「ええ……」

懇願するような声が喉にからんでしまった玲央のところに戻ってきた娘は、また覆いかぶさって、唇を押しつけてきた。

「触って……」

玲央の手をとって下腹の茂みに導く。サワサワした秘毛の底に、熱く泥沼のように潤った肉の谷間があった。

「すごく濡れてる……!」

叔母のおかげで女性の性愛器官には触り馴れている玲央だが、愛液が煮えたぎっているようなともろぅ☆姫の状態には驚かされた。

ともろぅ☆姫は何がなんだか分からない状態の玲央を仰向けにして、自分は彼の顔をまたぎ、股間に顔を伏せてきた。女上位のシックスナインだ。

「ああ、また勃ってる。嬉しい」

嬉しそうな声をあげた娘が、天井を睨んでそそり立っている玲央の欲望器官を両手に包むようにし、濡れそぼってる尿道口にチュッとキスした。舌でつるりと舐めあげた。唇でぱくりとくわえこんだ。

「あうー……」

あまりの心地よさに思わず叫んでしまい、またまたフェラチオ天国に連れこまれてしまった玲央である。

(どうなってるんだー)

最初はそう思ったけれど、やがてどうでもよくなってしまって、顔の真上にある、上等なチーズのようにいい匂いのする、もう一つの唇に吸いついていった

——。

しばらく、チュバチュバ、クチュクチュ、ウニュウニュという音が重なりあった二人の二カ所からたっていたが、やがて顔を持ち上げて叫んだのは、ともろぅ☆姫の方だった。

「えーッ、どうして？　どうしてレオくんってこんなにクンニが上手なの？　童貞なんでしょう？　あッ、ああーすごい。こんなテクニシャン初めて」

力の抜けたようなともろぅ☆姫が仰向けになった。玲央のペニスに奉仕するのは放棄してしまったようなので、玲央は改めて少し年上の可愛い娘の下腹に顔を埋めて、熱烈にしゃぶりたてた。愛液をチュウチュウと音をたてて吸った。

「し、信じられなーい……、あおッ。ううぐうわぁぁ。いやだぁあ」

ともろぅ☆姫はもう無我の境地で十七歳の少年の頭を摑み自分の性愛器官に押しつけた。同時に腰をつき上げるようにする。下腹が繰り出す柔らかなパンチに負けないよう、ガーターベルトで吊った黒いストッキングに包まれているともろぅ☆姫の腿を抱えこんだ。若者の探求心に富んだ舌は、さらに底のほう、アヌスにいたる会陰部まで這い進んでゆく。

「ひー、いいいヒーー、そこ、そこ弱いのぅ、いやだぁあ、でもいい、もっと舐めてえ、アーッ！」

自分からヒップを持ちあげるようにする。この頃になると玲央はかなり落ち着いて、ともろぅ☆姫を舌で制御している気分になってきた。

（おばさんや林美峰さんには感謝しないと……。これはすべて二人のおかげだ）

玲央の元気ドリンク——すなわち精液を飲ませてもらうために、熟女たちはいろいろなテクニックを用いた。その一つがシックスナインで、玲央はしたりされたりの濃厚な口舌の愛撫法で刺激されて一日四連発というノルマを果たしてきたのだ。

（しかし、童貞でクンニの名人というのも不思議な話だよな……）

その童貞とも、いよいよご卒業の時が迫ってきた。彼にしゃぶりたてられている若い娘が叫んだからだ。

「ああ、もうたまんない！　来て、レオくん、私の中に入れて！」

「姫さん、いきます」

仰向けで両足を広げている可愛い娘の茂みから顔をあげると、玲央は体を上へすべらせていった。

「嬉しい。これで私を楽しませてちょうだいね」

十七歳高校生の、カチカチに固くズキズキ脈動して火傷しそうなぐらい熱い器官を握りしめて若い娘は囁いた。

「ピルを使っているから、安心して中に出していいのよ」

玲央は心おきなく初めて体験することに没頭できるわけだ。

「こうですか」

彼はともろぅ☆姫に導かれて、熱い液を溢れさせている源泉に、自分の充血しきっている器官をあてがった。

「そうよ。焦らないでね。最初はゆっくり……」

ともろぅ☆姫は片手で愛しそうに若者の初々しい器官を撫で、透明な液を全体にまぶすようにしてやった。

勇気りんりん、玲央はほんの少し年上のキュートな娘の体の上に自分の体を重ねていった。彼女は足を広げ、腰を浮かし、玲央の侵入を迎えるようにした。

熱いとさえ思うほどの蜜液が溢れかえっている肉のトンネルに、玲央は奮いたつ若武者が初陣を飾るときのような気負いをこめて突入していった。

「ああ、そう……、そのまま来て」

ともろぅ☆姫の熱い息が耳たぶに吹きつけられる。彼女は喉の奥から低い呻き声を洩らした。

「すてき……、レオくんのおち×ちん……。ああ、もうこの体はきみのものよ。好きにしてね」

片手はのしかかってきた若者の背中に回して自分に引きつけるようにし、もう一方の手で玲央のペニスの根元を摑んでいる娘は、若い牡の欲望器官全体を体の深いところまで導き、受けいれると、うっとりした表情になって告げた。

「すてきです、姫さん……」

感激のあまり玲央の声もうわずっていた。

これまで味わったことのない器官の、口腔とはまた違った粘膜の締めつけ感。複雑微妙な粘膜の構造だ。

緋見子の器官に指をいれた時にも、その不思議な感触——まるで独立した生きものの消化器官のように息づいて蠢く柔らかい襞をもつ粘膜に驚かされたものだが、ともろぅ☆姫のそこはもっと熱く、もっといきいきと呼吸しているように思えた。

ぐぐっと力をこめて、玲央はペニスの根元までふかぶかと若い肉体の中に埋めこむことに成功した。

「少しじっとしていていいですか」

二人がぴったりと一つになっている感じを味わいたいと思って玲央が囁くと、ともろぅ☆姫は彼の心を読んだようだ。

「嬉しい。私もしばらくこのままでいたかったの。最初から激しく動かれるのよりも、長い時間かけてだんだん激しくしてくれるといいの。できる?」

「できると思います」

これが今日で最初の行為だったら、難しかったかもしれない。幸いにもというかともろぅ☆姫の策謀のおかげというか、玲央はすでに一度、射精している。そのおかげで、かなり余裕をもって彼女の若アユのようにぴちぴちとした肉体に攻撃をしかけることが出来る。

(まるで夢みたいだ……)

ついこの間まで、ガールフレンドの一人もいなくて、オナニーだけで我慢してきた自分が、今は最高に魅力的な少し年上の女性と生まれて初めて、正真正銘のセックスをしているのだ。汗ばんだ肌と肌を重ね合わせながら、この瞬間に夢が醒めてしまうのではないかとちょっぴり心配になるぐらい、玲央は幸福だった。

「キスして」

顔を上気させて陶酔している表情のともろぅ☆姫がねだった。

「……」

玲央が唇を重ねると舌が滑りこんできた。甘い、たっぷりの唾液と共に。玲央は若い異性のサラサラした唾液を呑んだ。

一生のうち（といっても彼のはまだ十七年だが）これほど美味な飲み物を味わったことはないと思った。唾液を呑みこむたびにともろぅ☆姫の体の中で沸騰しているエネルギーが自分の中に注ぎこまれるようだ。昂奮が高まってきた。彼の腰が自然に動きだした。まるで蒸気機関車が動き始めるときのように。

「ああ……」

一度口を離して甘い呻きを洩らしたともろぅ☆姫が、今度は両手でしっかりと抱きつくようにしながら、自分の腿を若者の腰にはさみつけるようにした。

「ゆっくりよ、ゆっくり」

「はい」

「そう、それぐらい。ああ、感じる。すごく気持ちいい……」

「ぼくもいいです」

「嬉しい。それぐらいの感覚で突いてね。あう！　感じちゃった」

「ここがいいんですか」

「そう。コリコリしてるでしょ。子宮口。感じてきた時に突かれるのが好きなの」

「じゃ、突いてあげます」

「きみが楽しんでくれなきゃダメよ」

「これだけで死ぬほど楽しんでます」

「そう？　それならいいけど……。あうッ、それって効くぅ。ああ、そこも感じる。玲央くん、きみ、セックスの天才よ。誰にも負けない……。ああ、だんだん近づいてきたみたい。おう！」

玲央のペニスで強く突かれて感じるともろぅ☆姫の顔は、嬉しそうな、微笑しているような表情になる。慈母のような彼女にさらに甘美な感覚を与えて喜ばせてやろう、歓喜の高みにともに昇り詰めようとして、玲央は激しく動いた。彼の顔から首から胸から玉のような汗が噴き出て、ボタボタと彼女の顔や首や胸に滴り落ちた。

「いい、すごくいい、ああ、夢みたい……。レオくん、私、イク、イってしまう！」

ともろぅ☆姫の顔が少し歪んで、彼にしがみつく腕に力がこもった。彼女の下腹も今は玲央の力強いピストン運動に合わせてリズミカルに跳ね躍っている。

「あう！　イク！」

ふいにしなやかな肉体の全域に緊張が走り、彼の体は背骨がきしみそうなほどに強く抱き締められた。体の下で彼女の全身に痙攣が走るのが分かった。

玲央のペニスは強い力で断続的に締めつけられた。彼の中で沸騰していたものも臨界点に到達した。

ズキン！

腰骨のあたりが砕け散り、そこを中心にして白熱の球体が輝きながら彼を溶かしてしまった——ような気がした。

「お母さん！」

若者は口走り、肉体は痙攣した。憧れの慈母の体の中に彼のすべての情熱が勢いよく注ぎこまれていった。

「あああ、レオくん……うッ」

弓なりにそり返るともろぅ☆姫の裸身。黒いストッキングに包まれた脚が彼の胴をはさみつける。まるで彼の体内に収められている精液をすべて絞り出そうとでもするかのように。

びくんびくんと断続的に痙攣しては弛緩し、またきつく抱きあいながら下腹を打ち付けあい、しだいにぐったりとしてゆく若者とかわいい娘。

童貞だった玲央は、初めての女性とのセックスで、相手をオルガスムスに導いてしまったのだ——。

玲央はしばらく失神したようになっていた。

しばらくしてそっと体を離したともろぅ☆姫が、彼の体を拭ってくれ、ベッドから出ていった。

(シャワーを浴びにいったのか……)

そう思いながら、若者は一時的に深い眠りの底に落ちていった——。

目を覚ました玲央は、また自分の器官が温かい唾液でいっぱいの口に含まれているのを知った。

(そうだ、ぼくはともろぅ☆姫さんとセックスして、童貞におさらばしたんだ。彼女もイッたんだ……)

歓びが十七歳の高校生の胸に湧き起こった。苛酷な任務を果たして基地に帰還した戦士のような満足感。

（そして姫さんは、また吸ってくれてる……）

自分にあれだけの甘美な体験を与えてくれた女性は、仰向けになった彼の脚の間にうずくまるようにして熱心にフェラチオをし続けている。

やがて若い欲望器官は雄々しくそそり立ち始めた。

「ああ、本当に若くて逞しい……。これが私の求めていたもの。もう離さない」

熱っぽい言葉を吐きながら、舐めてはしゃぶり、しゃぶっては舐めるともろぅ☆姫だ。あのハスキーな声でまたねだってきた。

「ねえ、レオくん……、お願いがあるの」

「なんですか」

「私、あそこばかりじゃなくて、お尻でも感じるの」

「お尻……？　あ、肛門ですか？」

ちょっと驚いた表情の年下の若者を見て、恥じらうような媚びるような姿勢をとるともろぅ☆姫。その下腹部はシーツを巻き付けるようにしているので、直接見ることができない。

「そう、アナル・セックス……。嫌い？」

「いえ。そんなことはありません。でも、出来るかな……」

「よかったら試して欲しいの。私のアヌスで、レオくんを歓ばせてあげたいから」

ちゃんときれいに洗ってあるし、コンドームを使うから黴菌の心配もない、ともろぅ☆姫は言った。

そう言われては引き下がれない。

(姫さんって、そうとうに淫らな人なんだな……)

初めて寝た相手に二度目からアナル・セックスを求めるのだから、そう思われても仕方ないだろう。ただ、インターネットでエロ画像を集めてきた中にはアナル・セックスのも相当あり、読みふけった月館影一郎のSMポルノの中にもアナル・セックスの描写は多かった。おかげで肛門性交というのは、男性を歓ばすためだけではなく、女性によってはふつうの性交以上に快感をもたらす行為だということは知っている。

(よし、やってあげようじゃないか)

玲央は勇気りんりん、体を起こした。ともろぅ☆姫がすばやく枕元のテーブルに用意しておいたコンドームを勃起した器官にかぶせる。これで、なぜピルを服んでいる彼女がコンドームを用意していたのか、その理由が分かった。

薄闇の中でともろぅ☆姫がうつ伏せになる。下半身に巻き付けていたアッパーシーツを自分からとりのけた。

パンティを着けていない丸い二つの丘がさらけだされた。薄闇の中でもそれは光り輝いている。

「来て」

かすれたようなうわずったような声で誘う。腿はぴったりと閉じたままで、心持ちお尻を浮かせたような姿勢で。

「え、これで……？」

アナル・セックスというのは、てっきり女性がよつん這いになってお尻を持ち上げるのだと思っていた玲央は、少し当惑した。

「最初はこれでいいの。上から重なって、先をアヌスに押しあてるようにしてくれる？　まだ入れようという意識をもたなくていいから」

（へえ、そうなのか）

言われるままに全裸の若者は、ともろぅ☆姫の黒いストッキングを着けただけの裸身に覆いかぶさり、スプーンにスプーンを重ねるような姿勢をとった。いきりたった若い器官は臀部の割れ目に自然に入りこんでゆく。

「そのままでいてね」

ともろぅ☆姫は半分ぐらいの体重をかけてのしかかった若者の胸に背を、腹部に臀部を下から押しつけるようにして、体をゆるやかにくねらせ始めた。

（うわ、いい気持ち……）

いい匂いのする、しなやかな女体が自分の体の下で腰を振るようにすると、臀部の谷間にすっぽり収まっている玲央の欲望器官は自然に谷間の底で摩擦される。自分もともろぅ☆姫のうねりに合わせていつの間にか腰を動かすと、薄いゴムで覆われたペニスが摩擦されて、快感が生じた。

「ああ……」

思わず熱い吐息をともろぅ☆姫のうなじに噴きかけてしまう玲央。

「先をあてがって」

谷間の奥底にあるすぼまりの部分に自分の手を延ばし、わずかに体をよじるようにして年上の娘が若者に指示した。

（ぼくは、もう一つの童貞――アナル童貞も姫さんに捧げるんだ……）

ポルノ小説とかポルノ写真でしか見たことのない、排泄するための孔で快楽を得るという、アブノーマルな、背徳性の強く感じられる行為を前に、玲央は武者震いするような興奮を覚えた。若い欲望器官はコンドームがはち切れそうなぐらいに膨張し、鋼鉄のように固くなってズキンズキンと脈打っている。どんな狭い関門でもひと突きでうち破れそうな凶暴さだ。

「乱暴にしないでね。中心にあてがって……、そう、まっすぐ立てるようにして……、まだ、まだよ……」

驚いたことに、その部分はヌルヌルしていた。なにかローションのようなものを塗りこめている。さっき、ベッドから出て、すぐ戻ってきたのは、このためだったのだろう。

（じゃあ、安心だ）

すべての準備は整っている。あとはともろぅ☆姫の合図を待つばかりだ。

受け手が尻を持ち上げ、玲央の怒張した肉杭の先端との角度を指でさぐり、確かめたようだ。

「いまよ、来て、ゆっくり力を入れてきて……」

「いきます」

待ちかねた指示に応じて、玲央は体重を腰にかけるようにして下腹部をともろぅ☆姫の臀丘へと押し付けていった。その力は一点——菊状の襞がすぼまった円形の中心に集中する。

抵抗が感じられたが、玲央にとってはさほどのものではなかった。

「うぬ」

亀頭の先端でこじあけてゆく。

「ああ」

ともろぅ☆姫が黒髪をうち振るようにして頭を反らせた。その呻き声は苦痛を訴えているわけではない。

「いいわ、大丈夫……、もっときて、犯して……」

その声に煽られるようにして、玲央はさらに突き進んだ。

「あう」

ともろぅ☆姫のマニキュアをした指がシーツを鷲摑みにして、腿がやや開いた。

ぐぐ、という括約筋の抵抗が、ふいに緩んだ。

「お」

自分でも驚いてしまうほど、簡単にめりこんでゆく。緊いのは肛門の部分だけで、それから先はほとんど抵抗がない。

「嬉しい」

ともろぅ☆姫がすすり泣きにも似た喘ぎ声で歓びを告げる。

「根元まで入りました。姫さん、痛くないですか？」

「大丈夫よ。でも、あまり動かさないでね。少しそのままでいて……」

「分かりました」

膣に挿入した時のように、最初は静かに、やがて激しく動いてほしいのだと了解して、玲央ははやる心を押さえて、若い娘のアヌスと結合したままでいた。

「ああ、はあ、う……」

ともろぅ☆姫が悶えはじめた。汗にまみれた裸身がくねり、うねりだした。と同時に玲央の怒張した肉根を包んでいる粘膜にも変化が生じた。

「う、これは……？」

直腸が収縮し、彼の昂ぶりを締めつけたかと思うと、今度は緩み、また締めつけてくる。

（すごい、アヌスでこんなふうに男を歓ばせられるなんて……）

先天的なものか、それとも訓練で身につけたのか、ともろぅ☆姫の肉体は口や膣どころかアヌスまでも男の快楽に奉仕できるのだ。

「レオくん……、どう？」

喘ぎながら訊く美女。玲央が激しく頷くと顔から滴る汗が彼女のうなじから背に滴り落ちた。

「すごく気持ちいいです。信じられないぐらい……」

「私もよ、ああ……。ゆっくり動いて……」

「はい」

若者は締めつけたり緩めたりする直腸の奥へ怒張器官を押しこみ、引き抜き、ピストン運動を開始した。最初はゆっくりしたリズムで、しだいにお尻を突き上げてくるともろぅ☆姫に合わせて、早いリズムで。

「ああ、すごい……、レオくん、最高……ッ」

「ぼくもです。夢みたいだ、ああ、ああ……」

やがて汗みどろの二人はほとんど同時にクライマックスに到達した。

「おおお、姫さんッ」

「ああ、レオくんッ」

どぴゅッ、と三度目の激情を噴射させた瞬間、玲央は頭が真っ白になるような快感を味わった。

「ああー……」

叫びながら何度も強く腰をともろぅ☆姫の臀部に打ちつけながら、しだいに気が遠くなる。ギュギュッと強く締めつけて精液を絞り出そうとするような直腸粘膜。

（信じられない……、これじゃ膣と変わらない、いや、膣よりもいい……）

驚嘆しながら最後の一滴まで放出した彼は全身の力が抜けたようになって、波のようにうねる女体の上に落ちた枯れ葉のように身を委ねた。

栗の花の匂いに似た青臭い匂いがたちのぼる。

すうッと玲央は眠りの底に落ちていった。やはり続けて三度の射精というのは、彼のエネルギーをすっかり使いきったのだろう。

どれぐらい眠ったのだろうか。

ふと目を覚まし、しばらくの間、自分がどこにいるのか分からなかった。

やがて、あこがれの人、ともろぅ☆姫とホテルの一室で戯れ、彼女の口に、膣に、肛門にペニスを挿入して楽しんだのだと思いだした。

（これで、ぼくは童貞とおさらばしたんだ。もう一人前の男だ！）

誇らしい感情が湧き上がったが、傍を見て驚いた。自分にこの世ならぬ快楽を与えてくれたあの美しくセクシィな生き物の姿がない。

（えッ、ぼくを置いて帰っちゃったのか）

びっくりして体を起こし見渡すと、ともろぅ☆姫はいた。

二人いた。

（あ……！？）

玲央はまだ夢を見ているのだと思った。

二人は大きな窓辺に置かれたソファの上で抱きあっていた。窓の外の闇は底が青みを帯びてきている。朝が確実に近づいている。

（な、なに……、これ……）

自分の目に飛び込んできた魅惑的な光景が信じられなくて、玲央はしばらくの間ポカンとしていた。

体も顔かたちもそっくりな娘——ともろぅ☆姫が二人いる。どちらもガーターベルトとストッキング、それにパンティという格好だ。

違いはランジェリーの色。一人は赤、一人は黒なのだ。ソファに向かい合うように座り、互いの体をまさぐりながら、優しく、時に情熱的にキスを交わしている。

（美しい……）

レズビアンというのは、それだけで非現実的な印象の強い美しい生き物だから、そっくりの顔と肉体をもつ女性が抱きあっている光景は幻想的な絵画を見るかのようだ。

（しかし、どうしてともろぅ☆姫さんが二人いるの……？）

わけが分からずにただ呆然としていると、黒いランジェリーの娘が玲央に気付いた。

ニッコリと笑った。

「目が醒めたのね、レオくん、さっきは楽しませてくれてありがとう」

そう言うと赤いランジェリーの娘を促して、すっと立ち上がった。

均整のとれた肢体が、黒いパンティとガーターベルト、そして網のストッキングを着けて、のびやかに目の前に立っている。彼女は、腰に手を当てて、ベッドの上で呆然として、まだ自分の目を疑っているような年下の若者を見つめる。

その横に赤いランジェリーの娘が寄り添う。二人は下腹部を互いに相手のに押しつけるような形で抱きあった。

目を凝らすと、玲央にも区別がついた。全体の体つきはよく似ているものの、へアスタイルとか化粧でごまかせない細部は、やはり違う。しかし、どちらが自分の抱いたともろぅ☆姫か、それを言えと言われるとまったく判断がつかない。会ってからそんなに時間がたっていないし、しかも昂奮して特徴をしっかり記憶に刻みつけるような余裕はなかった。

「ど、どちらがともろぅ☆姫さんなんですか……？」

バカみたいに口をポカンと開けて二人を交互に眺めていた玲央が、ようやく我にかえって疑問の言葉を口にした。二人の娘は同じ答を口にした。

「二人ともともろぅ☆姫よ」

「そ、そんな……。ぼくを混乱させないでくださいよ」

当惑している年下の若者を見つめて、黒いランジェリーのほうがツイと正面を向いて、挑発するように腰を突き出すポーズをとってみせた。

小さめだが椀型に突き出して形のよい乳房、くびれた腰、平たい腹部、すらりと伸びた脚線。肩だって丸いし、どこを見ても魅力的な、娘ざかりの美しさで輝いている。

ただ一点、黒いレースのパンティに覆われている股間のふくらみを除いては……。

「ええッ……！？」

本来なら女性の股間に、それほどのふくらみは存在しない。恥丘のふくらみとはとても思えないふくらみ。それは彼女が自分の掌で撫でまわすようにすると、むくむくと膨張してきた。

「あ、あの、あなたは……」

「そうよ、これはペニス。私はシーメールなの」

ペニスをもつ妖艶な女性（？）は、挑むような視線を玲央に向けて言い放った——。

「シーメール……」

月館影一郎のホームラウンジに出入りしていると、女装愛好のメンバーも多く、シーメールに関する発言も多く目にするので、それは男性の器官と機能を保持したまま女性として行動する男性だということぐらいは知っている。だが、こんなに美しく、背筋がざわざわするような生き物だとは知らなかった。

外見だけ女性そっくりになりたがる「おかま」だから、いくら胸を整形しても本体が男であることには変わりないはずで、そういう存在はどこか醜く、滑稽なものだろう——という先入観があった。

いま、目の前に立っているシーメールは、そんな先入観を完全に打ち壊す存在だった。

(そうだったのか……!)

玲央は瞬時に理解した。今夜、彼は二人のともろぅ☆姫を相手にしたのだ。

最初、オフの会場で出会ったのは男の器官をもつともろぅ☆姫。彼女が濃厚なフェラチオをしてくれたのだ。その後、目隠しをした時に、女の器官をもつともろぅ☆姫と入れ替わったのだ。

(そうか、クローゼットに隠れていたんだ……)

そして玲央とセックスした後、彼がぐったりしている間にまた二人は入れ替わった。今度は男の器官をもつともろぅ☆姫が、彼にアナルセックスを求めた——。

(でも、どうしてこんな複雑なことを……?)

第十章　高層ホテルで

　頭が混乱してきた。

　シーメールだと告白した娘は、挑発する表情を少し柔和なものへと変化させていった。真珠色のマニキュアを施した指が下腹部の、黒いレースに包まれたふくらみの部分を撫でた。細かい網目の下で、それは膨張して、レースのパンティを持ち上げる。

「分かった？　これが私の本当の姿。ちゃんと役に立つのよ、これも……」

　立ちはだかったままの姿勢で自分の股間のふくらみを掌の緩やかな動きで刺激する美しい娘（？）は物憂げな感じさえするハスキーな声で、語りはじめた。

「私って、もの心ついた時から自分は男の子なんだ、って意識が薄かった。だけど女の子だというのも、おち×ちんがこうやってちゃんとあるわけだから、思えないでしょう？　自分は一体どちらなんだって、ずいぶん悩みながら育った子なの」

「とにかくおち×ちんがあるんだから男の子なんだ、女の子じゃないんだと決めたのが中学生の頃かな。きっかけは好きな女の子ができたから。そうしたら初めてのセックスもうまく出来たの。だから完全な男なんだって安心したんだけど、そうしたら私のことを好きになったっていう男の先輩がいて、彼に愛されたら、女の子みたいに感じてしまって、その時に、また『自分はどっちなんだろう』って迷ってしまった。だってある時は女の子が好きで、次の瞬間、男に惹かれるんだもの。ただのホモというのとも違うみたいで、苦しんだよ、すごく……」

告白を続けるともろぅ☆姫の下腹部では、自らの指で愛撫される男性を象徴する器官――ペニスがぐんぐん勃起して、Ｙの形のフロント部分から先端をぬうッと突き出させた。

（うわ、大きい！）

ともろぅ☆姫はふつうの女の子の体形だ。身長も百七十五センチの玲央より二十センチは低い。それなのに勃起したペニスは玲央と同じぐらいか、それ以上の大きさに見えた。全体に赤みを帯びた麦わらの色で、亀頭の部分は椿色に充血している。その先端は玲央が勃起するといつもそうなるように、透明な液を滲ませて、充血した粘膜はキラキラと輝いて、それは美しい眺めだった。

(えーッ、どうしてだろう？　ぼく、男の子のペニス見て、美しいなんて思ったことがないのに……)

自分がともろぅ☆姫の股間から目を離せなくなっていることに気がついた時、玲央は狼狽した。

(うぇえ、ぼくってホモの気があったのかなぁ？)

そんな玲央の動揺を楽しむかのように、ともろぅ☆姫は両手を腰にあてて下腹を前に突き出すようにしてみせた。

完全に勃起したペニスが先端部を覗かせた黒いパンティは、もはや隠すという役目を果たしていない。

「私の悩みを解決してくれたのは、実はひとつ下の妹なの」

隣に立つ赤いランジェリーの娘を見て言った。

「この子は、本当の名前は、あすか、って言うの。妹は私が悩んでるのを知ってたのね。ある日、見かねてこう言ってくれたのよ。『兄さん、男か女かどっちかに決めようとするから悩むんでしょう？　男でもなく女でもない人間、おち×ちんのある女の子という、第三の性をもつ人間になってみたら?』って。そう言って彼女、私にお化粧して女の子の服を着せてくれた。そうしたら魔法みたいにストーンと気持ちが落ち着いてしまった。その日から私、ペニスを持った女の子として生きることにしたの。高校を卒業すると、すぐ専門の医者のところに行って、女性ホルモンを打ってもらった。このおっぱい、手術じゃないのよ。体はどこもいじってないの。ただ、ホルモンをあんまり打つとペニスの力がなくなるから、うまく量を加減しているんだけど」

ゆっくりと腰をくねらすようにしながら、ともろぅ☆姫の指がパンティの腰ゴムにかかり……黒いレースの下着はするりと見事な腰の線、太腿の線、ふくらはぎの線に沿って脱ぎおろされて、最後はハイヒールの爪先から引き抜かれた。

「うふ、脱いじゃった。見て。私のヌード。こういうのを見て、嫌いになった?」

脱いだパンティを旗のように頭上でひらひら振りかざしながら、嬉しそうな、挑むような顔で玲央に尋ねてくるともろぅ☆姫。彼女が身に着けているのは、今や黒いガーターベルト、メッシュのストッキング、それにハイヒールだけ。

「いや、嫌いにならないよ」

答える若者の声は、ひび割れていた。喉がからからになって、うまく声が出なかったからだ。

「え？」

首を傾げて不思議そうな顔をしてみせる、今や天井を睨むほどに勃起した銅色の男性器官を振り立てている若い美しい娘。

「これを見て。こんなものをブラブラさせている生き物なんかいないでしょう？おかしいでしょう？　男のようで男じゃなくて、女のようで女じゃないのよ。それでも嫌いにならない？」

「うん」

素直に頷いた玲央は、下半身を覆っていたシーツを剝いで、自分の全裸をともろぅ☆姫の前にさらけ出してみせた。

「えーッ！？」

彼女の瞳が大きくみひらかれた。

玲央の股間では、さっき彼女の口の中に精を噴きあげたばかりのペニスが雄々しくそそりたっていた。

「嫌いになったら、姫さんを見て、こんなにならないでしょう？　ぼくは興奮してしまった。嫌いじゃないってことだけは確かです」

ともろぅ☆姫の顔がちょっと泣きべそをかいた時のようにゆがんで見えた。

「レオくん……」

感激の声をあげてともろぅ☆姫はベッドに歩みよると童貞の若者に抱きついてきた。キスの嵐を浴びせてきた。

「私、実はきみのような男の子が理想なのよ。自分に似てるからかもしれないけど、男おとこしたのは嫌いなんだ。逆に女の子はさっぱりしたボーイッシュな子」

逞しく勃起したペニスを持つ娘は、玲央の手をとって自分の股間に導いた。熱を帯び、こちこちに硬く、ズキンズキンと脈打っている命の塊。

(うわ、なんか感動的……!)

まったく嫌悪感がなかった。玲央はそれを強く握り締め、撫でさするようにした。

「ああ……」

熱い呻きを洩らして彼の上から覆いかぶさってきたともろぅ☆姫。その乳首を玲央は吸った。

（ホルモンだけで、こんなに大きくなるのか。信じられない……）

信じられないといえばすべてが信じられなかった。肌は白く、すべすべして、いい匂いがして、柔らかいところは柔らかく、玲央が思い描く理想の女性の肉体だ。それなのに彼女は、実は男として生まれ育ったのだという。

玲央はともろぅ☆姫のペニスをしごくようにしてやった。もともとペニスというのは自分にも（「にも」というのはヘンな言い方だが）付いている器官で、それをどう触り、どう刺激したらどんな感覚が生じるか、熟知している。だから彼女が呻き声をあげ熱い吐息を彼にふきかけた時、

（なんかぼくが姫さんになってオナニーしているみたいだ……）

不思議な感覚が生じた。

ともろぅ☆姫も彼の勃起したペニスを撫で、揉み、しごくようにしてきた。

（そうか、姫さんのフェラチオがあんなに上手なのは、もともとは男の子だからなんだ……）

とろけるような快美な感覚に酔いながら、ようやく納得した玲央である。

「あすか、こっちに来て」

「はい、姫兄さん……」

赤いランジェリーの娘がベッドにはい上がると、二人は情熱的なキスを交わし、やがてあすかがともろぅ☆姫――実の兄――の股間に顔を埋め、逞しく勃起した牡の器官を口に含み、舌で奉仕した。

（これって近親相姦……）

ようやく行為の意味に気がついたのは、仰向けに横たわったともろぅ☆姫の腰の上にあすかが跨がった時だった。

限りなく女性に近い肉体を持っているけれど、ともろぅ☆姫はあすかの実の兄なのだ。つまりこれは、兄と妹のセックスなのだ。

二人は穏やかに動き、やがてともろぅ☆姫の顔が慈母のような陶酔する笑みを浮かべた。

（きれいだ……）

さっきまで自分が抱いていた体を兄に委ねているあすかに対し、玲央は嫉妬の感情など抱かなかった。それは母親が息子に乳房を与えるのと同じぐらい自然な姿に見え、それを見ている自分のほうが邪魔な存在に思えたくらいだ。うっとりとした表情のともろぅ☆姫が玲央に呼びかけた。

「レオくん、三人で楽しみましょう」

誘われるままに玲央は指示された位置に立った。兄と妹の交わりを見ているうちに、玲央の欲望器官は四度目の勃起を開始していた。

「……」

乗馬するように兄の上に跨がった妹は、玲央のペニスを口に含んだ。

「どうだった、あすかと体験して？」

仰向けになったままのともろぅ☆姫が訊いた。

「最高でした。ただ分からないことがあって……。今夜のことは仕組まれていたみたいだけど……」

ともろぅ☆姫は頷いた。

「実は、あすかと私、レオくんの叔母さん──緋見子先生の教室の生徒なの」

「そうだったのか……」

緋見子が、パソコンに詳しい生徒がいて、相談したと言っていた。彼女たちだったのだ。教室ではともろぅ☆姫の正体を知るものはいない。緊いレオタードアンダーというTバックの下着を穿くと、男性のふくらみは分からないほどになってしまう。

「前から、レオくんには目をつけてたのよ。あんな可愛い男の子と楽しめたらいいね、って……。そうしたら緋見子さんがパソコンを買ってあげてインターネットをするというじゃない。だったら、これを機会に誘惑してみようと、Ｃｙｂｅｒ－Ｎｅｔで網を張って待っていたの」

もともともろぅ☆姫は熱心なネットワーカーだったから、チャットルームで玲央に接近するのは容易なことだった。

「でも、それにしては一度、チャット・セックスしたあと、姿を消したみたいだったけど……」

「ごめん、それは私、ホルモン注射をしてるでしょ？　異常がおきないように、ときどき病院で精密検査をしてもらうの」

しばらく入院していたのだという。

「そうだったのか……」

しばらくして三人は位置を変えた。あすかに向かうようにして玲央が横臥し、ともろぅ☆姫は妹の背中から体を寄せてゆく。先に玲央が使ったワセリンを今度はともろぅ☆姫がとりあげた。念入りに自分のペニスと妹のアヌスに塗る。

「お先にどうぞ」

後からともろぅ☆姫があすかの片足を持ち上げてくれて、玲央は再び可愛い娘の膣の中に入っていった。

「う」

兄が後ろから突き入れてきた時、わずかに顔をゆがめ、妹は少年の胸にすがった。薄い粘膜をとおして玲央はともろぅ☆姫の男の器官を感じた。三人の肉体に共通した感情が生じた。ともろぅ☆姫が言った。

「玲央くん、まだ先の話だけど、あすかと結婚してくれると嬉しいな」

「それって……、やっぱり計画のうちだったんですか?」

「そうよ。そもそもこうやって二人でタッグチームを組んだのも、私たちにとって理想の男性を探したかったから」

「ぼくがあすかさんと夫婦になれば、姫さんはぼくたちと暮らせる。世間の目を気にしないで」

「そう。レオくんのような男の子をずっと探してた。でないと私とあすかだけでは幸せになれないもの。いつか兄と妹が結婚できる日がくればいいけど、それは無理だろうからね。誤解しないで欲しいんだけどカモフラージュだけが目的じゃない。三人が夫婦で楽しく暮らせる家庭があってもいいでしょ? 子供も作って」

「夢みたいですね」

玲央が言うと、兄と妹は同時に同じ言葉を発した。

「夢でもいいじゃない？」

三人は激しく動きはじめ、やがて、

「いいですよ、夢を見ましょう」

玲央は答えて射精した。同時に震える肉体の中に美しいシーメールも射精した。

あすかは夢見るような笑みを浮かべながら失神したようになった。玲央はしばらくしてから、あすかの肩ごしに美しいシーメールとキスを交わしてから言った。

「でも、一つだけ問題があるんです。父です。なんと言うか……」

「それは問題ないの。レオくんに狙いをつけてから、悪いけどあなたのお父さんのことも調べたのよ。香野拝魔。高名な前衛書道家。そしてゲイ……」

ともろぅ☆姫の言葉に玲央は驚愕した。しばらく考えて納得がいった。なぜ父は妻のことを彼らに語らずに、後妻をめとらなかったのか――。

「じゃあ、ぼくは養子だったんだ」

「私たち緋見子先生から聞いた話では、あなたのお父さんはお弟子さんの女性が不倫の相手と恋愛して妊娠、二人の子供まで生んだのに捨てられたのを哀れんで結婚したみたい。彼女の子供を自分の実子として認知するのを条件にね……」

「そうだったのか。パパはそれで世間に正体を隠していられたんだ」

書道塾に住み込んでいる歌舞伎役者のような美青年の弟子は、拝魔の愛人だったわけだ。玲央はしばらく考えてから言った。

「じゃあ問題はないです。パパだって許してくれます」

ただ一つ問題があった。叔母の緋見子や林美峰に供給する元気ドリンクの問題だ。彼女たちはヨガの秘法にもとづいて童貞を失わない若者の精液を求めている。

（……そうだ、理央がいい。あいつなら童貞だし、そろそろ精液も出るころだろう。身代わりになる）

朝の光が大都会の高層ホテルの客室にさしこんだ。世界がバラ色に輝いた——。

◎『猥褻騎乗　叔母の童貞しぼり』（一九九八年・マドンナ社刊）を改訂し改題いたしました。

二見文庫

叔母《おば》の要求《ようきゅう》

2021年 4月 25日 初版発行

著者 館《たて》 淳一《じゅんいち》

発行所 株式会社 二見書房
東京都千代田区神田三崎町2-18-11
電話 03(3515)2311［営業］
03(3515)2313［編集］
振替 00170-4-2639

印刷 株式会社 堀内印刷所
製本 株式会社 村上製本所

落丁・乱丁本はお取り替えいたします。
定価は、カバーに表示してあります。

ISBN978-4-576-21045-2
https://www.futami.co.jp/

二見文庫の既刊本

人妻と妹と

TATE, Junich
館 淳一

悦也は、マニアックなクラブに出入りしていているうち、人妻の美和を借り受けることになった。早速、別荘で自分の嗜好をぶつける彼だったが、それを覗いていた少年の告白から、別の日にここで快楽に耽っていたらしい悦也の妹・麻央の性癖を知ることに。美和と麻央……二人を巻き込んだ背徳の物語が始まる——。巨匠のディープな官能文学!

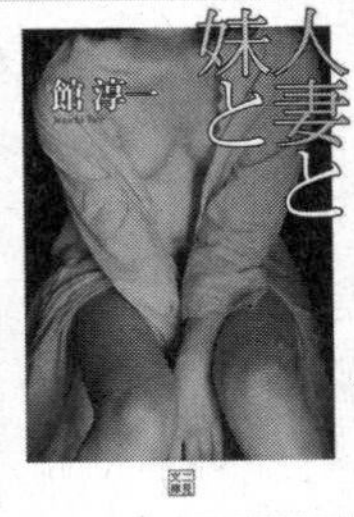